ベリーズ文庫

途切れた恋のプロローグをもう一度

砂原雑音

JN177542

STARTS
スターツ出版株式会社

目次

途切れた恋のプロローグをもう一度

途切れた恋のプロローグをもう一度

プロローグ

街頭の明かりがまだにぎやかな時間帯の、道の片隅で私はずっと好きだった人と見つめ合っていた。

初めての恋だった。会えなくなって、子供だった私にはどうすることもできなくて、少し大人になった頃にはもう彼がどこにいるのかもわからなくなっていた。

諦めて何年も経《た》って忘れたと思っていたのに、封じ込めて蓋《ふた》をしただけだったらしい。再会したあの日に心の蓋はすっかり壊れて、彼の姿を見ただけであの頃の気持ちが簡単に溢れ出してくる。

肩幅は以前よりがっしりして見えるだろうか。私より頭ひとつ分も高い背は変わらない。艶《つや》のある黒髪や綺麗《きれい》な顔立ちも、彼が私の初恋、弓木《ゆぎ》薫《かおる》だと再会してひとめでわかった。十年以上が経ってすっかり大人の男性になっていた彼は、昔のように優しく微笑《ほほえ》みかけてもくれなかったけれど。

弓木くんが、何かに気づいた様子で私に手を伸ばしてくる。直後、どんと背中に人がぶつかった。バランスを崩して前へ倒れ込みそうになった瞬間、私は弓木くんの腕に抱き留められていた。

「ご、ごめん」

「大丈夫か？」

「うん、びっくりしただけ。ありがとう」

スーツの上からでも伝わる固い体の感触に、男らしい逞しさを感じた。すぐ目の前に弓木くんのつけているネクタイがあって、私の背中は彼の大きな手に支えられている。近すぎる距離に慌てて距離を取ろうとしても、弓木くんの手は私を離さなかった。

時折行き交う人をよけて私の体を支えながら彼は道の端へ寄り、改めて私の背に両手を回す。抱きしめるような強さではないけれど、彼の腕に囲われているみたいだった。

「弓木くん」

「離したくない」

見上げると、弓木くんの目が私をまっすぐ射止めている。眉間に少し力が入って、彼の真剣さが伝わってくるようだった。

「今日、今井《いまい》さんが来ることを俺は知ってた。今度こそ伝えるつもりで、ここに来たんだ」

再会してからの彼の態度に私は戸惑い、落ち込みもした。嫌われている可能性も考えた。今さら、初恋の名残に振り回されて、それでも止められなかった。

「好きだった。あの日伝えるつもりだったのに、できなくなって後悔した。ずっとそばにいたかったのに」

再会はある日突然

【招待状届いたよ。返事は今朝ポストに投函しました】

とん、と指でスマホ画面をタップして、メッセージを送信した。

私、今井燈子《とうこ》は都内にある『東央《とうおう》総合医療センター』で看護師として働いている。

早めに出勤してロッカールームで勤務が始まるまでの間、スマホを確認しながらパックのコーヒーを飲むのが出勤日の習慣だ。送ったメッセージの相手は高田莉子《たかだりこ》、私の幼馴染だ。

あ、と気がついて続けざまにもうひと言追加で送信した。

【改めまして、結婚おめでとう！】

昨日、郵送で彼女から結婚披露宴の招待状が届いた。もちろん結婚のことは以前から電話で聞いていたし、その時に披露宴の出席も伝えてはあるのだけれど改めてお祝いの言葉を伝えておきたかった
しばらくスマホ画面を見ていたが、送信したメッセージにはまだ既読のマークはつかない。すでに婚約者と同棲中という話だから、料理上手の彼女は朝食もきちんと

作っているはずで、きっと朝は忙しいだろう。

ひとり暮らしが長い私は、いいかげんなものだった。最初の頃は張り切って作っていたものの、慣れてくると段々と手を抜くようになり、今はもっぱら外食かスーパーの総菜だ。何せ作っても喜ぶのは自分ひとり、サボっても咎《とが》める人間は誰もいない。

気楽なのはひとり身のいいところだ。

それなのに、思わず呟《つぶや》いていた。

「いいなあ」

今年誕生日が来たら三十歳になる。年齢的にもちらちらと友人から結婚報告を聞くことが多くなった今、やっぱり素直に羨《うらや》ましい。

あと、何人残ってるっけ？

つい頭の中で、まだ独り身を守っている同胞の人数を数えてしまった。

莉子とは同級生で、小学校から私が高校二年で転校するまで同じ学校に通っていた。クラスが別れるとしばらく疎遠になったり、クラス替えで一緒になるとまた仲良くなったり。ついては離れての繰り返しだったが付き合いの年数だけは一番長い。看護大学の受験に合格し進学が決まったあと、ある目的を持ってかつての地元に向かった。その時に再会がかなったのだ。以来定期的に連絡を取っていた。

かつての地元は、東京《とうきょう》から電車で片道二時間くらいの距離だ。彼女は地元の大学に進学し、私は東京の看護大学の学生寮で独り暮らしをしていたのでそう気軽に会う距離でもなかった。社会人になってからは彼女も東京の会社に就職し距離は近くなったが、今度はお互いの仕事に慣れるのが先で、しかも私の休みが不定期で休日を合わせづらくなってしまった。

今は年に一度か二度くらいのペースで会い、近況報告のような食事会をしている。そして彼女はこの春、三十代を目前にして遂に結婚することを決めた。相手は同じ大学に通っていた男性だ。

結婚式は親族向けに地元の教会であげ、別の日に東京都内で友人と職場関係を招いた披露宴を開くそうだ。ゲストに気兼ねなく楽しんでもらえるようにとその方法を選んだらしい。私が招待されたのはその披露宴だ。フレンチレストランを貸し切って行われる。お色直しは一度だけにして予算を抑えて、料理を豪華にしたからぜひ来て、と楽しそうに話してくれた。

「綺麗だろうなあ」

楽しみではあるけれど、やっぱり羨ましいと感じた。私にも人並み程度には、結婚への憧れがある。だけど同時に、自分には無理だろうと半ば諦めていたりもする。

両親は私が物心ついた頃にはすでに不仲だった。ふたりが仲良くしているところを、私は見たことがない。私が小学校に入学する年に、父が地方へ転勤になった。単身赴任で長期別居となり、その末に母の不倫が発覚して修羅場となった。

そんな状態だからか、私にとって結婚は自分には縁遠いものだった。憧れはあってもそれはホームドラマやハッピーエンドの小説で見るような虚像でしかなく、理想の家族像を想像してもどこかおままごとのようで、現実感がない。

恋をして結婚にたどり着いても、全部が上手くいくわけがなくて。上手くいかなかった場合のこの上ない見本のような家庭環境にいたので、そんな賭け事に自分の身を預ける気には到底なれない。

もっとも、そんな心配をするまでもなく結婚は遠い夢のまま、今年三十代に突入することとなりそうだが。

――彼氏いない歴、生まれてからずっと更新中だもんねえ。

自分が結婚に向いているとは思えないし、幼馴染を羨んでも仕方ない。気を取り直してスマホの時計表示を確認する。それから、ロッカーの内側にある鏡を見て身支度を整えた。

背中近くまで伸びた黒髪は、後頭部の真ん中辺りでヘアゴムでまとめてある。前髪も伸びてきたので、ヘアピンで留めた。そろそろ美容室に行かなければいけないかも。アイメイクはベージュ系のナチュラルメイクで、リップも淡い色のマット系。全体的に地味な出来だけど、医療現場なのだからこれくらいでいい。白地にブルーのラインが入ったナース服は、汚れもない。

よしオーケー、とロッカーの扉を閉めて、ふっとため息が零《こぼ》れた。

「……さみし」

幸せそうな友人を見るのは楽しみだが、このままずっとひとりでいる自分を想像すると寂しさは当然ある。

ロッカールームが無人でよかった。正直すぎるひとり言を聞かれずに済んだから。

東央総合医療センターは、看護大学を卒業して最初の勤め先で、今年で勤続八年目だ。

十階建ての建物が三棟並び、中央が一号館、両端に二号館と三号館があり、各階渡り廊下で繋がっている。三階までは外来と検査室、手術室、その他売店や銀行、カフェテリアなどが占めていて、四階から上に病棟と医局がある。

三棟の中で一番大きな一号館、その五階が第一内科病棟となっていて、四月からの私の勤務場所だ。昨年度まで三年ほど外科病棟に所属していたが、色々あって異動になった。新人の頃お世話になった内科医が内科部長となったので拾ってもらえたのだ。

ありがたいことに、異動と同時に看護主任という肩書きもいただけたので、私としてはいいことだらけの異動だった。大きな医療センターなので、部署ごとの看護師の数もかなり多い。半月が経って少し慣れてきた頃だ。

今日は朝八時からの勤務で、余裕を持って三十分前に病棟へ向かう。すでに朝食の配膳作業が始まっていて、職員がカートを押して各病室を回っている。

ナースステーションに入ると、夜勤担当の看護師が数人徹夜明けの眠そうな顔で各々仕事をしていた。

「おはようございます」

挨拶を交わしながら中央へ進むと、丸いテーブルでパソコン作業をしていた看護師に声をかけた。

「おはようございます。中川《なかがわ》さん、お疲れ様です」

昨夜の夜勤当番責任者の中川愛莉《あいり》さんだ。ふたつ年下だが、このフロアにおいては彼女の方が先輩になる。可愛らしい顔立ちだが、ちょっと吊り上がり気味の目の形が猫を連想させる。私が近づくと彼女はパソコン画面から顔を上げた。

「おはようございます。今井さん、早くないですか？」

「うーん、余裕を持って？　朝礼の前に引継ぎの内容を聞いておきたくて」

今日は看護師長が準夜勤で朝は不在なので、朝礼は私が主導になる。この病棟では初めてなので、念には念をというやつだ。

彼女の隣にある丸椅子に座って、横からパソコン画面を見れば昨夜の業務報告を入力してくれていたようだ。入力内容は各自一台ずつ支給されている業務用のスマホで確認できるようになっている。

といっても、入力されない細かな事情、状況なんかはやはり会話することで出てくることが多いので、口頭での引継ぎもなおざりにはできないと私は思っている。

「はあ、さっすが。真面目ですねぇ」

呆《あき》れたような声に、片方だけ眉を上げる表情。可愛い顔が台無しだ……なんて言ったら倍以上に何か言われそうなので気づかなかったふりをする。

彼女の言い方、いつも若干棘《とげ》を感じるというか……気のせいかなあ。

いや気のせいじゃないな、多分。

あとから来た私が主任で、彼女より上の立場なのが気に入らないのだ。というか、看護主任なんて真面目に勤務実績を積めば誰でもつけてもらえる役職だと思うのに、それで苛立たれるのは解せない。

「真面目ってわけじゃないけど……心配性なのよ。何かあった時に、事前に情報持ってないと不安っていうか」

「データも見れるし朝礼でも報告するのに。そういうのって要領が悪いって言うかあ」

「そうよねえ。お手間かけさせてごめんね。でもお願いします」

トゲトゲチクチクとくる言葉を、否定せずににっこり笑って受け流す。するとむすっとしつつも、彼女は再びパソコン画面に向き直った。

「もうちょっと待ってください。もうすぐ終わるんで」

「ありがとう」

ちょっと意地悪だけど、それほど悪い子でもないんじゃないかな……と思っている。お願いすれば、文句は言いつつもその通りにしてくれるのでまだマシな方だ。

顔は笑顔を保ちながら、内心でため息をついた。

病院内の異動で、同系列の別の病院に異動になるよりは楽なはずだけど、新しい人間関係に慣れるにはもう少しかかりそうだ。その後いくつかの引き継ぎ内容を確認して、朝礼の時間になった。

病棟勤務は日勤と準夜勤、夜勤の三交代制だ。私は今日から三日間日勤が続く。

　午前の勤務は入院患者さんの体調チェックや点滴、薬品の管理が中心で、午後からは回診の他に検査が多くなるので忙しくなってくる。もちろん、午前中にも検査や手術はあるけれど、外来患者が減る午後の方が多く予約が入っているのだ。

　十一時からは準夜勤の看護師や助手が出勤してくるので、その時間帯にも簡単な申し送りの時間を作り、日勤の者が交代で何人かずつ交代で昼休憩へと向かう。

「今井さん、休憩行きましょう。今のうちです、早く！」

　申し送りが終わった直後に、そう声をかけてくれたのはベテラン看護師の柳川瀬《やながせ》さんだ。シングルマザーで、小学生の娘さんがひとりいる。いつも明るくて若々しい、四十代とは思えない綺麗な人だ。

「了解です。午後からちょっとばたつきそうですねえ」

　私が担当している患者さんも診察や検査、管理指導と移送が相次ぎそうなので、このタイミングで遠慮なく行かせてもらうことにする。

「あ、じゃあ俺も行こうっと」

　便乗してきたのは研修医の時任《ときとう》先生で、ナースステーションを出ようとする私たちのあとについてきた。同じような年齢だったか、ひとつ下だったか、はっきり覚えていないがとにかく同世代だ。医師としては駆け出しだが、背が高くてイケメンで人当たりがいいので、患者さんや若い看護職員にも人気がある。

「午後から何かあるんですか？」

早々に昼食を済ませておきたい理由があるのかと歩きながら聞いてみたところ
「えっ」とショックを受けたという表情を見せた。うん、わざとらしい。

「理由がないと一緒に行ったらダメってこと？」

「えっ？　いえ単純にそうなのかなって聞いてみただけです。失礼しました、よければご一緒しましょう」

確かに。単純に理由があるのかと思って聞いただけだったが『なんで一緒に？』と冷たい反応に見えたのかもしれない。改めてこちらからそう言うと、少し前を歩いていた柳川瀬さんが振り返る。

「時任先生は若い子に普段からちやほやされすぎなんですよ」

「うわ、キツいなあ」

「わーい、うれしいですぅ、って普段から言われ慣れてるからでしょ。さっきの今井さんの反応はごく普通ですぅ」

歩くテンポを若干落として彼女は私の腕を取って隣に並んだ。語尾だけわざと若い看護師の真似をして、時任先生をからかっている。多分、その真似は中川さんだ。彼女はよく男性医師の前ではそうやって語尾を伸ばすから。

「まあまあ。せっかくですからいいじゃないですか」

職員用エレベーターホールに着き、私を挟んで会話するふたりを宥《なだ》めながら下行きのボタンを押した。

同じ病院でも、職員数がとにかく多いので、柳川瀬さんとは異動になってから初めて顔と名前を認識した。どこかですれ違ったり、患者さんの異動や申し送りで話したことくらいは多分あるだろうけど、よく覚えていない。

こんな調子でずばっとものを言うのだが、私としてはわりと付き合いやすい人でほっとしている。シフト表で、彼女が一緒の日を見つけるとちょっとうれしいくらいだ。なにせ、一号館の五階だけで看護職員が三十人前後。いろんな人がいるので、接しやすい人を早々に見つけられたのはありがたい。

院内には複数の職員食堂の他に、患者さんも使えるカフェテリアなど数店の飲食店がある。職員食堂に関しては、配属先のある棟の食堂を使う決まりとなっていた。

昼食後、時任先生は検査があるからと先に席を立ち、私と柳川瀬さんもプレートを下げに立ち上がった時だ。

「燈子！」

ちょっと懐かしく感じる声で名前を呼ばれた。半月前まで一緒に働いていた同期の看護師、有村雪《ありむらゆき》だ。配属先が重なったのは三年ほどだが、新人研修の時からの長い付き合いだ。なので同僚であり親友でもある。

「雪ちゃん！　久しぶり！」

「ほんとに久しぶり。部署が変わると全然会わないね。あ、燈子終わっちゃったんだ」

「うん、雪ちゃんは今からお昼？」

「そう、これから。燈子が見えたから……来ちゃった」

そう言いながら、雪ちゃんが少し離れたところへ目を向ける。数人、四階外科病棟の看護師の姿が見える。その中のひとりを見て、雪ちゃんが語尾を濁した意味がわかった。私にとってちょっと気まずい相手がそこにいたのだ。

とんとん、と肩を叩《たた》かれて振り向くと、柳川瀬さんがプレートを手に待っていた。

「私、先に行くから今井さんもう少しゆっくりしたら？」

「あ！　すみません。構いませんか？」

「うん、まだ休憩時間残ってるし。先に行くね」

休憩時間が終わるまで、まだ三十分ある。移動時間を考えると、あと十五分くらいならここで話しても大丈夫だろう。柳川瀬さんの気遣いに感謝しつつ、ふたりで軽く会釈をすると私はもう一度腰を下ろした。

「ごめんね、気を使わせちゃったかな」

「大丈夫だと思う。ずばずば言うけど、裏表がなくていい人だよ」

異動したばかりの私を心配してくれていたんだろう。雪ちゃんは、私の言葉にほっとしたように笑った。

「よかったよかった。人間関係円滑なのが一番だからねえ」

「うんうん。実感伴うわぁ」

男性経験ゼロの私だが、実は昨年告白してくれた男性はいる。同じ病棟で働いていた同僚の看護師で、勤務が重なるとよく誘われて何度か食事に行った。

ひとつ年上で話も合うし、勤務態度も真面目で好感度は高めだった……と思う。だけど、いざ付き合わないかと気持ちを告げられた時に、一歩踏み出すことができなかった。

彼を好きかどうかと聞かれたら、はいとは言えない自分に気がついた。明るくて会話が楽しくて、気配り上手。いい人だったけど、気の合う友人という以上の感情を抱くことはできなかった。

この年齢にもなれば、恋がすべてではないとわかってはいる。付き合った経験はなくとも友人や同僚から経験談はたくさん聞く機会があった。耳年増というやつだが、友人や同僚という間柄から、付き合ううちに情が芽生える場合も多くあるのだと知っている。

私はそういうタイプではなかった、ということだ。結局私たちはそれ以上の関係になることなく——なんと翌月には別の同僚と彼は付き合っていた。

悩んだ私が馬鹿だった、と呆れたものだけどほっとした。ちょっと身軽すぎないか、と思ったが、誰もが恋とか愛とかを最初から自覚して関係を育むわけじゃない。彼は自分に合うだろう人間を選んでいて、これから付き合ううちに信頼関係を築いて恋に、愛に変わっていくタイプなのだ、きっと。

とにかく、その一件があってから外科病棟での勤務は居心地が悪かった。彼と付き合い始めた彼女が、私にライバル心を燃やしてしまったのだ。どうやら、彼が私に好意をもっていたことを知っていたらしい。なんとなく気づいていたという周囲も、どちらの肩を持てばよいかで困ったと思う。

なので、かつてお世話になった内科部長が異動の打診をしてくれたのは本当にいいタイミングだったのだ。渡りに船とばかりに、前のめりで『頑張ります！』と返事をした。

「まあ、いろんな人がいるけど居心地は悪くないかな。恋愛事で揉《も》めた人間関係よりはずっと。そっちは相変わらず？」

「うん、まあ。でもあの子はちょっとおとなしくなったかな。……燈子が異動したからだろ、と思うと業腹だけど」

雪ちゃんはちょっと顔をしかめてから、ランチプレートのクリームコロッケを口に運んだ。

これからも四階で働く雪ちゃんが、いつまでも私の味方をしていてはきっと気まずいだろう。周囲の雰囲気に合わせていくしかない部分が多いと思う。今みたいに、私のことを気にかけてくれるだけで十分だ。

「あちっ、トロトロ」

受け取ったプレートが出来立てのタイミングだったらしい。雪ちゃんは箸で残りのコロッケをふたつに割りながら、思い出したように話を切り出した。

「そうそう、実はちょっと面白いことがあったのよ」

「面白いこと？」

「帝生《ていせい》製薬のＭＲが、今日ふたりで来たの。担当が代わるからって」

「あ、そうなんだ」

「その新しいMRが、医師だけでなく看護師にまで丁寧に挨拶してくれてね。それがすっごいイケメンで、話し方も丁寧だし好感度高くって。若い女の子たちがポーっとなっちゃって」

一応、私たちもギリ二十代なのに、その言い方にくすっと笑ってしまう。彼女の言う『若い子たち』とは看護師なりたて二、三年の子たちのことだろう、多分。

「で、そのポーッとなった中に、あの子もいたね」

「え」

「あの子ね」

この話の流れで『あの子』といえば、誰のことかわかりきっている。私に告白してくれた同僚の今の彼女だ。

「あいつもいたのに笑っちゃった」

「ほんとに!?」

それは、ちょっと見たかったかもしれない。私に嫉妬して毎日嫌みを言うくらいだったから、意外だった。まあ、彼氏がいてもそれはそれというやつか……だけどその場に彼氏がいるのにその状況というのは驚きだ。

「順番に各科の医師に挨拶に回ってるみたいだから、そっちにも近いうち行くんじゃないかな？　とにかく良さそうな人ではあったよ。真面目そうだし。というか堅そう？　挨拶回りだから当然笑顔なんだけど、ヘラヘラした印象ではないし。むしろ、新職員歓迎会の幹事の子たちが張り切って誘った途端に塩対応されてて笑った」

「あはは！　新歓に誘ったの⁉」

「新担当なんだからぜひってさ。ちょっと無理ある、と思って見てたら、途端に笑顔が引っ込んで『そういう場はお断りしております』って。彼女とかいるんだろうね、きっと」

「へえ！　楽しみにしとこ」

職場での人間関係は波風が立たないに限る。誘われて塩対応したというところに好感が持てた。内科部長に挨拶に来るなら、今日か明日辺りだろうか。

「しといてしといて。そっちでもキャアキャア言われてどんな様子だったか、また教えてよ。ユギさんって人ね」

その名前を聞いた途端、突如ちりっと胸の奥に痛みが走った。

久しぶりに耳にした、懐かしい響きだ。漢字はなんだろう、〝柚木〟だろうか、それとも〝弓木〟だろうか？　少し珍しい姓ではあるけれど、まったくいないわけじゃない。

——そう、いないわけじゃない。だから、期待するな。

「燈子？」

名前を呼ばれて我に返る。名字を聞いた途端に、固まったままぼんやりとしてしまっていた。

「あ、ごめん。ぼけっとした」

「ええ？　会話の途中で？　イケメンに興味なさすぎじゃない？」

雪ちゃんに笑われて、私も笑ってごまかした。


そんな会話をした直後だったものだから、五階病棟に戻って驚いた。

ナースステーションに入ってすぐに看護師たちが、その話題で盛り上がっていたからだ。

「やばい、すごい、かっこいい」

「めっちゃ足長くなかった？　私の腰くらいから足生えてなかった？」

「いやそれは言いすぎじゃない？　っていうかちょっと、戻ってきたら新歓誘ってみようよ！　誰か突撃して！」

四階病棟の看護師たちと同じ道をたどろうとしていることに、ちょっと笑ってしまいそうになる。どうにか堪えて、わかっているけど敢えて聞いてみた。

「何かあったの？　というか交代でお昼行ってね」

「今井さん！　帝生製薬のＭＲが担当代わるらしくって、新しい担当、すっごいイケメンなんですよ！」

「ついさっき笹井《ささい》先生と一緒に来て、今看護師長室でお話しされてます」

交代でお昼に、という私の言葉は見事にスルーされてしまった。笹井先生とは、内科部長で私に声をかけてくれた内科医だ。五十代で白髪交じりの、ちょっと丸い体型の穏やかな先生で患者さんにも人気がある。察するに、先に笹井先生がいる医局に行っていたのだろう。

「そうなんだ。誰かお茶は持っていった？」

「私が行きます！」

数人が一斉に挙手した直後、ナースステーションのドアが開く。笹井先生が出てきたのだが、その後ろに随分と背の高い人の頭が見えた。

「笹井先生、お疲れ様です」

「ああ、今井さん。お疲れ様。ちょうどよかった、今からみんなに紹介しようと思って」

心臓が痛いほどに忙しなく鼓動する。笹井先生の体が横にずれて、緊張しながらその後ろの人物にゆっくりと目の焦点を合わせた。紺色のスーツに身を包む、その立ち姿は確かに背が高くて足も長く、スタイルがいい。品のある明るい色味のネクタイ、広い肩幅。視線をさらに上へと進めて、その頃にはもう、彼が誰だか確信していた。

短めの黒髪を、サイドはきっちりと撫《な》でつけてある。切れ長の目が思い切り見開かれて、私と目が合った。

――高校二年の時だったから……十二年ぶり？

すっかり大人の男性となっているものの、すぐに〝彼〟だとわかってしまった。驚いた顔をしているので、彼も私が誰か気づいたようだ。

目が合うまで、時間がひどくゆっくりと流れていたように感じた。笹井先生は私たちの様子に気づいていなかったから、実際には多分一瞬だったんだろう。

「彼、帝生製薬の弓木くん。新しいうちの担当」

紹介されて、なんと言おうか言葉が出遅れる。『久しぶり』とここで言ったら、周囲に騒がれそうで面倒だ。

そんなことを頭の中で考えながら、きっと私は知らず気持ちが昂っていたんだろう。

すっと目を逸らされて、彼が私にではなく全体を見渡すようにしてから口元に笑みを浮かべたのを見て頭の中が真っ白になる。

「四月から帝生製薬に勤務しております、弓木と申します。しばらくはできる限り足を運ぶ予定にしておりますので、何かありましたら遠慮なくお声がけください」

よろしくお願いします、こちらこそ、とみんな口々に挨拶を交わす。彼は自分に近いところにいた人から順にひと言ずつ声をかけ、私にも避けることなく近づいた。

また、目が合った。今度は狼狽《うろた》えた様子もなく、淡々と他の人と同じように儀礼的な会釈をする。

「よろしくお願いします」

「看護主任の今井と申します。よろしくお願いします」

表面的な愛想だけの挨拶を交わして、彼は私の前を通り過ぎていった。

——あ、呆気ない。

ユギという響きを聞いただけで期待するなと自分に言い聞かせたのは、ある意味正解だった。

高校生の私が初めて恋をした人との再会は、あまりにも呆気なく味気ないものになった。

仕事を終えてロッカールームで着替えたあと、帰路につく。職員用の出入り口は、私と同じように業務を終えた職員が足早に歩いている。病院の外に出ると、まだ明るさがあり薄青の空が広がっていた。

今日はあれから一日、心が落ち着かなかった。仕事でミスをしてしまいそうで、何度か心の中で……いや実際に自分の頬をピンタして、居合わせた柳川瀬さんに『何やってんの』と笑われた。

いや、本当に。何をやってるんだか。

「ねえ！　明日休みだから飲みに行こうよぉ」

甘えたような、可愛らしい声が聞こえてそちらを見ると、四階のお騒がせカップルがいた。私に告白してきた同僚とその彼女だ。

「いや、俺は明日仕事だって」

「じゃあ、ご飯だけ。いいじゃない、せっかく勤務日重なったんだから」

そんな会話をしながら腕を組んで歩いている。

職場恋愛は色々と面倒くさいこともある。けれど、忙しいと他の場所で相手を見つける機会なんてないに等しくて、職場で出会った相手とならこういうこともできるのだ。敢えて待ち合せをしたりしなくても、帰りながら食事をしたりデートの計画を立てたり。

きっと彼は、こういうことがしたかったんだろうな、とぼんやりと考えた。

私は、どうなのだろう。

自分でもわからない。恋愛に縁がないまま大学を卒業し、看護師になってからはずっと仕事ばかりで忙しい生活のままこの年齢まで来てしまった。

ただ、告白された時に思い出した。

胸の奥が、きゅっと痛くなる。それでいて熱を持って温かくなるような、そんな想いを抱いたことが私にもあったのだ。心の奥底に、今もまだあった残り火に気づいてしまった。

まさかその残り火の原因に、再会するとは思わなかったけれど。

「……大人になってたなあ」

当たり前だけれど。そして当然、私も彼の目にそう映ったはずだ。

せっかく再会したというのに彼にはすっかり無視されてしまった。何より、私自身『久しぶり』なんて呑気《のんき》なことも言えなくて、初対面のような挨拶を返してしまったんだから人のことは言えないけれど。

「うん、言えないよねえ。今さらだし。お互い様だし」

そう敢えて言葉にして、若干、いや実はかなり落ち込んでいる自分を励ました。

気になっても仕方がないな、と思う。

彼は、私の初恋の人だ。中学の同級生で、実家のマンションの部屋が隣だったから通学をずっと一緒にしていた。高校は別々の学校だったけれど、電車の路線は同じだったから、帰り道に彼を見つけると私は必ず彼の背中を追いかけていた。

『弓木くん！　一緒に帰ろうよ！』

かつての自分の声が、頭の中に響いた気がした。

きっかけは作るもの

「弓木くんってかっこいいよね」

中学の頃、隣に引っ越してきた弓木くんは転校早々に人気者だった。まだ中学生なのにすでに大人の男の人と変わらないくらいに背が高くて、顔立ちが驚くほど整っていた。切れ長のちょっと鋭い目をしていたけれど、いつも笑顔だし常に表情が柔らかいから自然と目つきも優しく見えてくる。

女子はまず弓木くんの容姿をもてはやしていたけれど、じきにそれは中身も伴った評価に変わった。明るくて優しくて、誰に対しても態度を変えない。

「燈子ちゃん、隣に住んでるんでしょ！　いいなー」

「登下校一緒だなんて羨ましい！」

友達によく羨ましがられたし、行きすぎて嫉妬を向けられたこともよくあった。仲のいい子たちはわかってくれたけど、隣のクラスのあまり親しくない女の子たちには敵視されて結構大変だったのだ。

「えー、だって隣だし。家出るタイミング重なったらわざわざ離れて歩くのも変でしょ？」

そりゃもう必死で。なんにもないから！　たまただから！とそれを主張した。

女子のコミュニティはうっかり反感を買うとめちゃくちゃ怖いのだ。

もちろん、私だってかっこいいと思っていたし、家が隣同士なのはラッキーだとこっそり喜んでいた。

彼の家は、母親がいなくて父親とふたり暮らし。私の家は父が単身赴任。私の両親が不仲なのは別居以前からだ。父は学校の行事を見に来ることもなかったし、親子三人でどこかに出かけた思い出もない。別居してからも父はほとんど会いに来ず、いないも同然の人なので、ふたり暮らしという点では似た境遇だと、弓木くんに対して勝手に親近感を持っていた。

もちろん、本当の父子家庭と単なる別居中の家庭とは実質違うところはたくさんあるだろうけど、子供にとって細かい事情よりも〝親がひとり〟という単純な事情が共感に繫がった。

塾の帰り、冬の夜は暗くなるのがとても早くて、いつも六時過ぎでも真っ暗だった。夜道が怖くて母親に電話しても、その日は機嫌が悪くて「自分のことなんだから自分で帰ってきなさいよ！」と金切り声で怒られて仕方なくひとり夜道を歩くことはたびたびあった。母は日中フルタイムで仕事をしていて、家にいれば大抵疲れているか不機嫌かのどちらかだ。

早歩きで道を急いでいた時、後ろからコンビニ帰りらしい彼が声をかけてくれたことがあった。

「今井さん？」

ビニール袋を手に持った弓木くんを見て、心底安心した。

「塾帰り？　なんで歩きなの？　帰りはいつもお母さん迎えに来てなかった？」

「歩きなの！　お母さん忙しいみたいで怒られちゃった。自分のことなんだし帰りぐらい自分でなんとかするのは当然なんだけど、よかったー！　弓木くん、帰るんだよね？　一緒に歩いて、お願い！」

「もちろんだけど……あ、カフェラテ飲める？」

「いいの？　あ、お金払う」

「いいって。夕飯代の残りで買っただけだし。俺が飲んだことにするから」

そう言って、温かいカフェラテのペットボトルを手渡してくれた。二本買ってあったらしくて、一本ずつ持って手を温めながら並んで歩く。お互いの家の事情を話したのは、この日が初めてだったと思う。

「ありがとう。カフェラテ好きだからうれしい。二本って、もしかしてお父さんの分じゃないの？」

「あー、そう。つい親父いるつもりで二本買っちゃったけど、今日は夜勤でいないんだよ。だから気にしないで」

「そう？　あったかいからうれしいけど……」

「今井さんは、塾の帰りはいつも歩き？」

「んー、いつもじゃないよ、時々」

小さな頃から母親は怒りっぽい性格で、私にとっては日常だったけれど、それが当たり前じゃないとわかってきたのは小学校の高学年だったか。周りの友達の母親と比べるようになって、『ちょっとうちのお母さんは変じゃない？』と気づいてしまった。

母の怒鳴り声が時々周囲の部屋に聞こえていることは知っていたので、もはや隠す意味もないのだけれど恥ずかしくて言葉を濁してしまう。

「仕方ないよね、お母さんひとりだし忙しそうだし。なるべく洗濯とか掃除とか手伝うようにはしてるんだけど……弓木くんちは？　お父さんとふたりだと家事とか大変じゃない？　夕飯とかはお父さんが作るの？」

「親父も作るし、俺も作るよ。あんまうまくないけど」

「えらいじゃん！　うまくないのはどっち？」

「親父。あの人味オンチなんだよなあ。その上、不味《まず》いって言ったら本気で拗ねるし。それで時々喧嘩になんの。大人げねえ大人だろ」

そんな風に言いつつ、彼のところは親子仲がいい。一緒にいるところを時々見かけるけれど、屈託なく笑う弓木くんの顔を見ただけで、なんとなくそれは伝わるものだ。親子で支え合って、思い合っている。

「仲良しなんだね」

羨ましい、という気持ちは押し込めたつもりでも滲《にじ》み出てしまった気がして、弓木くんの顔は見られなかった。だけど、横から視線はずっと感じていた。

「今井さん、よかったらスマホの番号交換しようよ」

「え、いいの？」

家の前に着いた時、そう提案されてうれしかった。バレたら女子のやっかみが怖いけど、中学生でスマホを持っている子は少ないから、わざわざ話題になることもないだろうと思った。

「うん。塾とか、塾じゃなくても夜道歩く時連絡くれたら、俺行くし」

「えっ、いや、それはさすがに」

「どうせ俺、夜によくコンビニ行くし」

「夜、っていうか夕方に近いけど」

「冬は真っ暗なんだから夜だろ、屁理屈」

お互いの家のドアの前で笑い合って、それからスマホを取り出した。男の子と番号を交換するのは初めてで、すごくどきどきしたのを覚えている。

だからその後、機嫌の悪い母親のいる部屋のドアを開けるのも、それほど苦にならずに済んだ。

「ただいま、お母さん」

その日の母は、テーブルに突っ伏してスマホをずっと片手に握っていた。

こういう時は大抵、電話かメールで父と喧嘩をしたあとだ。長く別居生活をしているけど、母は多分ずっと好きだったんだと思う。休みがあってもちっとも帰らない父に、いつも電話口でキレていた。かと思ったら、甘えるようにお願いしてみたり泣いてみたり。

十年に及ぶ別居生活は、残念ながら会えない時間が愛を育てることもなく、疑心暗鬼の母が不安定になるだけだった。

突っ伏していた顔を上げて私を見た母の表情は暗い。が、電話口で聞いたような金切り声にはならなかった。

「遅かったじゃない。まっすぐ帰ってきたの？」

「うん、まっすぐ。途中で弓木くんに会って、ちょっと話しながら帰ってたから、歩くのゆっくりになっちゃったかも」

「いいわよね、子供は呑気で」

機嫌は悪いが時間を置いて落ち着いたのか、怒鳴り声よりはマシだ。

「うん、お母さんが塾に行かせてくれてるから、勉強も焦らずに済むよ。ありがとう」

不安定な母親と暮らすうちに、嫌みくらいは上手に受け流せるようになっていた。子供は子供なりに、親を見てちゃんと成長しているのだ。

それから、時々彼は私に連絡をくれるようになった。多分、母とのことを心配してくれていたのだろうと思う。そんなことをかっこいい男の子にされたら、それは惹《ひ》かれるのは当り前で……だけどもっと明確に恋に落ちたのは、ある出来事がきっかけだ。

「燈子ちゃんはどっちの味方なの!?」

「えっ」

教室に金切り声が響く。その声がトリガーになったように、私の心臓はどくどく跳ねた。私の前には、この中学三年になってから同じクラスで仲良くなった友達ふたり。喧嘩のきっかけは、とても些細《ささい》なことに思えた。ＳＮＳのコメントで、どっちがいつも無視して感じ悪いとか、自慢が多いから仕方ないじゃんとか。

言い合うふたりを私は『まあまあ』と宥めていたのだ。怒っている相手を宥めるのには慣れていて、今日もそれで上手く納められると思っていた。

「私の味方だよね!?　無視するの感じ悪いって言ったら、燈子ちゃんそうだねって言ってた！」

「え、う、んん」

「自慢ばかりの内容に何言えばいいかわかんないよねって言ったら頷《うなず》いてたじゃん！」

「そ、そう、だけど」

それぞれに愚痴られた時に、確かにそう言ったし頷いた。無視されるのは嫌だろうな、と思ったから。でも何か理由があるのかもしれないし、直接話してみたら？と言ったのに。もう一方の子には、自慢話多いよねーって同意を求められて確かに頷いた。でも『羨ましいとこもあるよ』って私は正直な感想を言った。

だけど私のその対応は、所詮その場しのぎであって実際には解決に至らずこの状況になった。

——責め立てられるのにはお母さんで慣れているはずなのに。

教室の真ん中での出来事で、クラス皆の視線が私に集まっていた。金切り声で頭の中が麻痺《まひ》したように動かなくて、上手く言葉が出てこない。代わりに汗ばっかり出てきて、視界がチカチカしていた。

「別にいいでしょ、自慢くらいしたって。だってうれしいことあったら報告したくなるし」

そう言って涙を滲ませ始めた友達。男子生徒のひとりが、慰めるように彼女の肩に手を置く。その子の彼氏で、デートの様子なんかをSNSに上げていて、それが自慢だと言われていた。

男の子が、キツイ目で私を睨《にら》んでくる。

「今井さんってさ、八方美人でなんかズルいよね」

その言葉が、一斉にクラス全体へ伝染していった。あちこちで「確かにそうかも」とか同調する意見が囁《ささや》かれる。

もう言葉どころか声も出せなくなって、涙が零れそうになって目にぎゅっと力を込める。

みんなが言う通りかもしれない。確かに、どちらにもいい顔をした。でも、相手のことを責めるよりも、一歩引いて相手のことを考えてほしかった。いや、単純に、喧嘩しているところを見たくなかった。

だけどそれは、確かにふたりのことを思うとよくなかったのかも――。

ごめんなさい、と謝罪の言葉を絞り出そうとした時だった。

「それの何が悪いの？」

「えっ？」

はっきりとした声で、心底不思議そうな聞き方だった。なぜか教室内の誰の声よりも大きく聞こえて、全員が声のした方を見る。

弓木くんだった。

「俺、さっきから聞いてて全然わかんないんだけど。自慢話が多けりゃ反応に困るのは誰でもそうじゃねえ？　無視されたら気分悪いのは確かだし、気のせいかもしれないのも理由があるかもしれないのも間違いじゃない。今井さんは普通のこと言っただけだろ」

「で、でもどっちにもいい顔したのは間違いないだろ！」

「そんなん、別々に言われたら俺だって同じような返事になるわ。お互い相手のいないとこで愚痴ってたってことだろ。言いたいことありゃ本人に言えばいいのに」

しん、と静まり返った教室。当事者はもちろん言葉に詰まって、他のクラスメイトもみんな気まずそうに顔を見合わせていた。

そんな中、弓木くんだけがずんずんと真ん中まで進み出て、何をするのかと思ったら友達の彼氏の肩に思い切りよく片腕を回した。

「だから今いいタイミングだろ！　そんでお前彼氏なんだから仲裁しろ！」

「えっ！　え？　俺が？」

「そりゃそうだろ。っていうか、自慢したくなるような彼氏って思われてんだな。よかったな」

「え、お、おお……まあ」

ばんばんと肩を叩きながら弓木くんが笑顔でそうからかって、そうしたら今度はその笑顔がクラス中に伝染していく。くすくすとカップルのふたりをからかうような雰囲気になって、周囲もほっとしたのがわかった。

――弓木くん、すごい。

私は泣きそうだったことも忘れて、すっかりクラスの悪い雰囲気を洗い流してしまった弓木くんの笑顔に釘付けとなっていた。

「ふあっ！」

スマホのアラームの音で飛び起きて、ベッドの上で正座をするとばたばたと布団の上を叩いてスマホを探す。跳ね上げた掛け布団に埋もれていたスマホを見つけ出すと、画面をタップしてアラーム音を止めた。

それから胸を押さえて、今もまだ夢の余韻でどきどきと忙しい心臓の音を確かめる。

「わー……なっがい夢見た……」

昨日、弓木くんに会った影響だろう。中学生の私が彼と出会って、恋に落ちるまでの印象深い思い出をたどるような夢だった。

あのあと、私は彼にお礼を言いたくて塾の帰りに初めて自分から連絡した。それまでは、いくら呼んでいいと言われてもさすがに悪くて、かといって用もないのに連絡することもできないままだったのだ。

もちろん、恋に落ちていきなり告白なんて勇気もなく、普通にお礼を言っただけだったけど。

『何が？』となんでもない顔をされて、その顔にもまた惚《ほ》れてしまった。

「うう……きゅんきゅんするぅぅ」

スマホを手に胸を押さえながら、ベッドの上に突っ伏した。初恋の夢を見て悶絶する二十九歳彼氏なし、ちょっとヤバいなと自分でも思う。

だけどあそこで終わってくれてよかった。あのあとが長いし重いから。高校は別々になったけれど隣同士なので当然友達としての付き合いは続いて、三年私は告白する勇気を持てないまま過ごしたのだ。

二度と会えなくなった〝あの日〟まで。

当然夢にだって見たくない。告白できなくてよかったのか悪かったのか、今となってもわからないままだ。できなかったから、いつまでも心の奥に残っていて結局誰とも付き合えなかったのかもしれない。

「……起きよ」

うずくまったままスマホを見れば、結構長い間スヌーズ機能で繰り返しアラームは鳴っていたようで、起きる予定の時間から三十分も過ぎている。私は気合を入れて起き上がり、ベッドを降りると大きく伸びをした。

このマンションには、三年前に東央総合医療センターの職員寮を出てから住んでいる。高校を卒業して看護大学に進学してからは、父とはもちろん母とも疎遠になった。母は時々連絡してくるけれど、私からすることはない。

両親には、高校の時に散々振り回されたと思っている。だから早く独り立ちしたくて、十分なお給料をもらえる医療関係の職を目指したのだ。おかげ様で、ひとりで生きていくには十分なやりがいのある仕事につけた。正直、もう煩《わずら》わされずに生きたかった。

一番近い駅まで徒歩三分、そこから電車で三駅、およそ十分間乗ってから病院まで徒歩十分。急げば七分くらい。職員寮にいた時よりは遠いけど、三十分以内の通勤時間なら十分許容範囲だ。

駅前で商業施設が入った複合型のマンションなので、買い物するにも銀行に行くにも便利な所だった。部屋はリビングダイニングの他には寝室に使っている一部屋だけで、コンパクトなのもいい。掃除に手間がかからない。

今日も日勤だ。顔を洗い、朝食の準備をする。トーストと目玉焼き、インスタントのコーンスープは考えなくて済むので毎朝の定番だ。

流れ作業のように朝のルーティンをこなして、コーヒーを飲む時間を減らせばいつもと同じ時間に家を出ることができた。

出勤すると、案の定弓木くんのことが若い看護師を中心にもちきりとなっていた。

仕事中はもちろんそんな話はしないが、勤務時間前後や休憩時間にはタイミング悪く出会えなかった人が、特に中川さんが思い切り食いついていた。

「私も見たかった！　なんで今日も夜勤なのぉ！」

それはばっかりは、シフトが決まっているので仕方がない。

そもそも、ＭＲはしょっちゅう病院を訪れるものではない。ＭＲとは日本語では医薬情報担当者といい、医師や薬剤師など医療従事者に向けて自社の医薬品に関する情報提供を仕事としている。もちろん取り扱いを依頼する営業活動でもあるのだが、症例や副作用の新情報などをいち早く知らせてくれたり医療現場には欠かせない人材だ。

当然、ＭＲひとりで複数の病院を担当しているし、他の仕事もあるので病院回りだけをしているわけにはいかないはずだ。担当替え直後なので、顔繋ぎのためしばらくは頻繁に来るかもしれないが、面会するのは看護師よりも医師や薬剤師が中心になるかと思う。

実際に薬を患者さんに投与するのは看護師の方が多いのだが、残念ながら看護師は軽く見られがちなのだ。実際どの薬を使用するかを決めるのは医師だから、仕方がないことだけど。

再会から何もなく日は過ぎて、五月に入った。私は最初の日以降、彼を見ていない。

まあ、多分……そうそう会うことはないかな。もし見かけても、どうしたらいいかわからない。

再会した時にスルーされたことが、結構堪えていたのだ。以前の彼だったら、まごつく私に構わず『久しぶり』と声をかけてくれただろうから。

だけど、致し方ない部分もある。彼も、私の顔など見たくなかったのかもしれない。

そんな私の気持ちをよそに、彼は本当にちょくちょく病院を訪れていたらしかった。

ただ、日勤後に休みが入ったり夜勤になったりしていたので、主にようやく彼と遭遇したらしい中川さんから話を聞くことになったのだが。

「めっちゃかっこいい……簡単には誘いに応じないとこも、クールで素敵ですよねえ」

どうやら、彼女も誘って撃沈したらしい。しかも、結構本気で惚れ込んでいる様子で、複雑な気持ちになりながらも相槌《あいづち》を打った。

――クールで素敵。

あの頃の弓木くんは、素敵ではあったけどクールという感じではなかった。昔とは明らかに変わった彼に、心配が先に立ってしまう。

彼が変わったのが、大人になったからというよりもあの日のことがきっかけだとしたら。会えなくなってから、彼がどういう状況になったのか私にはわからないままだったから。

噂が立って、居づらくなった彼ら親子があのマンションから引っ越したということしか。

再会を純粋に喜べないのは、それが最大の理由だった。会えてうれしい以上に、申し訳なさや心配や、嫌われているんじゃないかという不安の方が大きかった。

だけど、このまま悶々と悩むのも正直しんどい。

「……声、かけてみようかな」

「は？」

ぼんやりしていて知らず知らず呟いていたらしく、目の前から中川さんの低い声が聞こえて我に返った。

「は？　本気ですか？　今井さんが？　なんのために？」

「え、あ、いや。違う違う。えーと、ほら。せっかく新しいMRさん来たんなら、看護師向けの勉強会とか開いてもらえないかなーって」

咄嗟《とっさ》に思いついた言い訳だったが、上手くいったようだ。中川さんが、目を輝かせて前のめりになった。

「いいじゃないですかそれ！　ぜひお願いしてみましょうよ、私が声かけてみますね！」

わあ。あからさまに。いい口実が見つかったみたいな顔をしている。

しまったと思ったけれど、もしも実現したら業務的にとても助かる。やっぱり、看護師だって言われるままに薬を使うより、ちゃんと知識を持って仕事をしたいのだ。人の命を預かる仕事なのだから、きっと同じように考えている人は多いはずだ。

「待って、ちゃんと師長に話を通してからね！」

「えっ、どうしてですか」

先走りそうな彼女に慌てて言うと、途端に不満を露わにする。これは、任せておけば本当に弓木くんに声をかける口実に使われそうだ。

「どうしてって、当然でしょう？　五階の責任者は師長なんだから」

それに、もし実現して好評だったら、医療センター全体に広めることができるかもしれない。そうなると、さらに上の総看護師長まで話を持っていかなければいけない。

咄嗟に出た提案だったが、悪くないどころか場合によっては大きな事案に繋がりそうな気がしてきた。それなら、道筋は確保しておくべきだ。勝手に行動して、上の反感を買うのはまずい。

「別に大丈夫じゃないですか？　看護師の為に看護師が動くんですから。それに形になってないのに報告されたって師長も困るかもしれないし」

「そうかもしれないけどそれでも！　どっちにしろ勉強会開くならシフト調整だって必要になるし」

「もー、わかりました。ちゃんと計画できたら報告しますって。あ、五〇一の大下《おおした》さんCT検査あるんで移送行ってきます」

面倒くさそうに中川さんは席を立ち、さっさと病室へと向かってしまった。


五月に入ってすぐ、新人歓迎会の日程が決まる。数人の異動は毎年あるので、恒例行事のようなもので、どこの部署も交代で幹事を決めている。

私は今年異動してきたので、歓迎される方だ。幹事は一度経験があるが、なかなか調整が大変なのでみんなできる限り当番には当たりたくない。

今年の五階の当番は中川さんと柳川瀬さんのふたりで、研修医の時任先生も協力してくれているらしい。柳川瀬さんはお子さんがいるので普段は不参加だったらしいが、当番なので今年はお祖母ちゃんに預けて参加するそうだ。

『中川さんがさー、帝生製薬のMRさん呼びましょうよってうるさくて面白いわー。そっこう断られてたけど！』と笑っていた。

四階の新歓も断ったと言っていたから、きっとそういうスタンスなのだろうけど、せっかく再会できたのに話す機会がないのは少し寂しい。

……もしかして、私のことわかってない？

再会した日に、彼も驚いていたように見えたけれど、気のせいだったのだろうか。

そして、新人歓迎会当日となった。私がゴールデンウィークの日勤三連勤ラストの日で、翌日休みの日に合わせてくれていた。つまり〝飲め〟ということなのか。

午後の業務に入って、入院患者リストのチェックをしていた私はあるところに目が留まる。

「あれ？」

小田《おだ》さんは四月中旬に糖尿病で教育入院してきた女性だ。一週間程度で退院できるはずだったのだが、血液検査の数値が悪化して医療入院に切り替わった。

入院初日に疲労感を訴えていたので、担当患者ではないけれど一度声かけをしていた。

『足も浮腫《むく》むし毎日だるくって。まあ更年期だから仕方ないのよ』

と言っていたので、担当の看護を通じて主治医に話してもらうようお願いをしたのだ。

処方されている薬を見て、私は確認のために主治医を探す。研修医の彼女はちょうど今朝は五階の担当だった。

「先生、ちょっといいですか？　小田さんのことで」

「何？」

「お薬処方してくださったんですね、ありがとうございます。ちょっと確認したいことがありまして」

この研修医はちょっと苦手だ。眉をひそめて面倒くさそうな表情を浮かべているが、頭を下げてナースステーションまで来てもらった。

中央の大きな円テーブルに設置されているパソコンのひとつを、操作しながら尋ねた。

「小田さんのことなんですけど、ありがとうございます。伝達を聞いてくださって」

「ああ、診察したわよ。更年期障害かもしれないって患者が不安がってたそうだけど、下肢静脈瘤《かしじょうみゃくりゅう》が確認できたからそれ処方したんだけど」

医者に言うほどでもないと小田さんは思っていたらしい。確かに更年期障害の症状だが、他の可能性だっていくらでもある。

結果、脹脛《ふくらはぎ》に下肢静脈瘤が見つかり抗凝固薬が処方されていた。

「ありがとうございます。ですが、検査をした形跡がなかったので」

「糖尿病からくる下肢静脈瘤。症状も当てはまるし、だからこれで問題ないわ」

確かに下肢静脈瘤だけならそれで問題ない。けど、万一の場合、投薬治療だけでは済まない可能性があるのだ。私はそれを、以前に担当した患者さんで知っていた。

「この薬を使ってしまうと手術ができなくなります。念のためDダイマー検査はした方が」

「ちょっと。看護師がなんでそこまで口出すの？」

「ですが過去に」

バンッ！

言葉の途中で、テーブルを強く叩かれてびくっと体が震えた。

「……診断を下すのは医師なんだけど？」

「……もちろんです」

人に激昂されると体が硬直する。だけど、私は看護師だ。怯《ひる》んでいる場合ではない。

深呼吸をして、気持ちを落ち着かせた。

「わかってるならいいのよ」

「ですが、その診断を下すために必要なデータは、十分に取るべきです」

言葉を選んだつもりだが「まだ言うの」と彼女は顔をしかめる。

「忙しいのよ、いいかげんにして」

鬱陶しげにため息をつき、くるりと私に背を向けた。行ってしまう、と慌ててあとを追おうとした時だった。

「何かありましたか？」

不意に割り込んできた声に驚いて振り向いた。

「……弓木、さん」

うっかり『弓木くん』と言いかけて、直前で言い換える。声を聞いただけで誰かはすぐにわかっていた。

彼は私たちふたりを交互に見て、それから私の手元にあるパソコンに目を移す。

「これは弊社の薬品ですね。何か問題がありましたか？」

「違うわよ、ちょっとそこの看護師が神経質なだけ」

弓木くんの目が、今度はしっかりと私へと向けられた。促されているのだと気がついて、もう一度研修医に言葉を尽くす。

「すみません。確かに細かいかもしれないのですが、過去にケアレスミスがあったのがどうしても気にかかって」

「ケアレスミス？」

「肺血栓塞栓症《はいけっせんそくせんしょう》で重症化してたんです。抗凝固薬の効果が残ってすぐに手術ができなくて大変でした。だから万一のことも考えて血液検査をお願いしたいです」

やっと言い切れた、とひとまずほっとしたけれど、彼女の性格からしてすぐに納得してくれるとも思えない。だけど、彼女が反応する前に弓木くんがはっきりと頷いてくれた。

「抗凝固薬で治療できる程度なら問題ないですが、使用の際は複数の検査結果を確認していただくようお願いしています。他に検査結果はどのような？」

すっと肩が割り込んで私は一歩後ろへ下がる。自然と彼女と弓木くんがふたりで会話をして、角が立たないように弓木くんがいくつか質問を重ねていく。これまで製薬会社に上がってきた実例などの話も、情報として与えてくれている。

その間、私は黙って弓木くんの背中を見つめていた。

「精度を上げるにはDダイマーの項目は必須ですね。何かある度、よくそう言われています」

「結構あるのね、そういうこと」

「そうですね。ドクターは皆さんお忙しいですから、少しでも我々を利用して情報集めに使っていただければ」

「ああ、助かるわそれ」

「他にもお知りになりたい症例などあれば、言っていただけたらお調べします。こちらとしてもご依頼がある方が情報の精査をしやすいんです」

最後はちょっと笑い話になりながら、血液検査のオーダーをしてくれた。私の方はちらりとも見ないまま、他の看護師に指示を出していたけれど、ちゃんとしてくれるならそれでいい。

彼女がナースステーションから出ていったあと、弓木くんもすぐに歩き出してしまいそうだったので思い切って声をかけた。

「あ、あの！」

弓木くんの目が、再び私に向けられる。緊張しながら、彼の目を見つめ返してお礼を言った。

「ありがとうございました。助かりました」

「いえ、仕事ですから」

素っ気ない態度に性懲りもなく胸が痛くなる。

ここは職場だ。仕事に関係のない話はできない。それでも続く言葉を探そうとしたけれど、間に合わず彼にすぐ目を逸らされてしまった。

「内科医局で、笹井先生がこちらにいらっしゃるとお聞きして来たのですが」

彼の言葉は、揉め事を遠巻きに見ていた他の看護師に向けられていた。そのタイミングで、どこにいたのか笹井先生が廊下から姿を見せる。

「ああ、いたいた弓木くん。こっち」

「笹井先生」

弓木くんが軽く一礼してからすぐそちらへ歩き始める。それ以上私に彼を引き留めることはできなかった。

その夜、予定時刻より少し遅れて新人歓迎会が行われた。参加者は看護師以外に看護助手、薬剤師や病棟クラークに内科医数人と大体三十人に満たないくらいだろうか。病棟を空にするわけにはいかないので、希望者と他数人はくじ引きで夜勤を引き受けてくれている。

今年の新人は私を含めて三人だ。ひと言ずつ挨拶をしてから乾杯をして、一斉に料理が運び込まれた。広いフロアに五人ずつ座れるテーブル席がいくつも並び、今は各々談笑している。

私のテーブル席には、幹事の柳川瀬さんと時任先生がいて、あとふたつ席が空いていた。

時任先生は乾杯後の飲み物を手配するために各テーブルに声をかけ動き回っている。歓迎会の準備期間中、柳川瀬さんが時任先生はよく気がつく人で助かると言っていたけど本当にその通りのようだ。

「お疲れ様」

隣に座る柳川瀬さんが私に向けてビールのグラスを掲げる。私も同じように軽くグラスを持ち上げた。

「柳川瀬さんこそお疲れ様です。お子さん大丈夫ですか？」

「大丈夫よ、お祖母《ばあ》ちゃんが見てくれてるし、慣れっこだしね。もう小六だし。それより今日大変だったね」

励ますようにポンと背中を叩かれて、私は苦笑する。なんのことかと言われたら、もちろん小田さんの主治医と揉めたことだ。主治医をイラつかせてしまったせいで随分声を荒らげていたから、あの時五階で働いていた人が結構周囲に集まってきていた。柳川瀬さんも、少し遅れて気づいたらしい。

「大変だったけどイケメンに助けてもらえてよかったじゃない」

にやりと笑った顔を見れば、嫌みではなく冗談だとすぐにわかる。なので私も冗談交じりで返した。

「役得かもしれないですがあとが怖いですよ」

「弓木さん人気すごいよねぇ！」

あの先生の物言いがキツいことは周知の事実で、誰に対してもあんな感じだ。だから比較的精神的なダメージは少ないのだが、患者さんに万一のことがあったらと考えると、今日の一件に関しては本当にひやひやした。

私が好きになった彼は、根っこは何も変わっていないと感じてうれしかった。

「さっと諍《いさか》いに割り込んで、会話だけで相手を宥めて助けてくれるスマートさ。今日ので一層人気爆上がりだと思うわきっと」

「中川さんに絶対なんか言われそう。そういえば中川さんってまだですか？」

彼女も幹事のひとりだったはずなのだが姿が見えない。今日は彼女も日勤だったので、てっきりスタートからこの場にいるものだと思っていた。

「ああ、笹井先生が遅れてるでしょ？　先生待ってから一緒に来るの。笹井先生、方向音痴だから」

「そういえばそうでした」

私が新人だった頃の飲み会でも、よく笹井先生が迷子になって幹事が迎えに行っていた。

「笹井先生、スマホのナビとか使わなさそうですもんね」

「スマホの使い方に不慣れだから、知らない場所への移動は付き添いがいないとたどり着かないのよね」

よく『年寄りにこんなもん持たせんな』とぼやいていたのを思い出した。

料理がテーブルいっぱいに並んだ頃に私は一度席を立って、薬剤師や看護助手の集まるテーブルを順に回り簡単に挨拶をした。

時任先生がなかなか戻らないと思ったら、医師の集まるテーブルでつかまっていた。

多分お酒が進んだ頃には、みんな席を移動して適当に交流し始めるだろう。

もとのテーブルに戻ると柳川瀬さんがオーダー用のタブレットを開き、ドリンクメニューを見ていた。

「何飲むんですか？」

「どうしようかなーと思って。イタリアワイン美味しそう」

「あ、いいですね。私も飲みたいかも」

「じゃあグラスでふたつ頼もっか！」

柳川瀬さんがタブレットを操作してくれている。

「赤？　白？　どっちにする？」

「私は白がいいです」

オッケー、と言いながら彼女の指がオーダーを完了するのを見届けた時、ふいに会場が騒めいた。何かと思い顔を上げると、みんな一方を見つめて、特に若い女の子たちが急にそわそわとしているのが見えた。

みんなが注目している方向、この会場の出入り口へと私も自然と目を向けて驚いた。そこに遅れてきた笹井先生と、隣に弓木くんも一緒にいたからだ。

遠目だからどんな表情をしているのかはわからない。笹井先生のあとに続いてまっすぐにこちらへ向かって歩いてくる。弓木くんの隣にいるのは、中川さんだった。近づいてくると、彼女はやたら得意げな表情をしているのがわかる。

「笹井先生、こちらです」

柳川瀬さんが立ち上がって片手を上げる。それから、私の横にふたつ並んで空けてあった席を手で示した。

「お疲れ様です、なかなか来られないので心配しましたよ」

「悪い悪い、弓木くんと話してたからね。弓木くん、ほら隣に座りなさい」

弓木くんは多分無理やり連れてこられたんだろう。困惑した表情ではあるが、頷いた。

笹井先生が私の隣で、彼はその向こう隣に座る。中川さんは弓木くんの横、時任先生の席に座ってしまった。

「……あ、そこ」

思わず声に出してしまったが、中川さんは時任先生のグラスをさっさと遠くによけて、中央に置いてある新しいグラスをふたつ手に取り、そのひとつを弓木くんに手渡す。

「どうぞ、弓木さん」

「……どうも」

「柳川瀬さん、タブレットくださあい」

そう言いながら返事も聞かずに柳川瀬さんの手からタブレットを取り上げた。まあ、ワインはオーダーし終えたあとだからいいのだが、柳川瀬さんも呆気にとられていた。

「時任先生の席、どうします？」

小さな声で柳川瀬さんに尋ねる。弓木くんが座ったところが中川さんの席だったのだから、強引に連れてこられた様子の彼にそれを気づかせるのも申し訳ない。

「欠席者あったからそれは問題ない。研修医枠のとこで席空いてるから。それにしてもあからさますぎない？　引くわぁ」

中川さんは「何を飲まれますか？　私、カクテル美味しそうで迷っちゃいます」なんて言いながら、さりげなく弓木くんに肩を寄せたりしている。タブレットを一緒に見ようという考えだろう。が、周りが見えていないにもほどがある。

「お疲れ様です。笹井先生はビールですか？　クラフトビールのおすすめがメニューにありましたよ」

私は隣の笹井先生におしぼりを差し出して確認する。すると、いつのまにか中川さんの持っていたタブレットが弓木くんの手に渡っていて、笹井先生の方に画面が差し出された。

「先生はビール派ですか」

「そうそう。俺はビール一択なんだよ」

「おすすめっていうのはこれらしいですね」

「ああ、じゃあとりあえずそれで」

「承知しました」

ささっと手早く入力して送信してしまったらしい。今度はそれを中川さんの方に差し出した。

「どうぞ」

一貫して素っ気ない弓木くんに、さすがの中川さんも戸惑っているようだ。

「えっ、あ。どうしようかなあ。弓木さんは」

「俺は飲めないのでウーロン茶を注文しました。ごゆっくり御覧ください」

半ば押しつけるようにして彼女の手にタブレットは戻っていった。渋々とタブレットを見ながら彼女はついに黙り込んでしまった。その様子を見て肩を震わせているのは、私の両隣だ。

「すっご。でも中川さんナイスファイトだわ」

これは右隣の柳川瀬さん。笹井先生は片腕でお腹を押さえて笑っていた。

「噂には聞いていたけど徹底してるな君は」

「飲めないと言ったのに、引っ張ってきたのは先生ですよ」

「いや、そっちじゃなくてな。っていうか、そんな顔して飲めないって本当なのか」

困惑した表情の弓木くんは、小さく肩をすくめてみせた。

「飲めそうな顔とは言われますが、どんな顔なんでしょう。いつも不思議に思います」

本当にこの場に連れてこられて不本意なのか、彼は仏頂面だ。MRは医師に気に入られなければ仕事がしづらいだろうにとはらはらしてしまう。

だけど、笹井先生はそんな彼がなぜか気に入ったらしかった。そうでなければ、この場に連れてくるなんてしないだろう。

それから少しして子供が熱を出したからと柳川瀬さんが急いで帰り、隣に時任先生が戻ってきた。

「すみません、席のこと」

「ああ、大丈夫大丈夫。笹井先生から直前にひとり増えてもいいかって連絡あったから、急遽《きゅうきょ》欠席で空いてるのはわかってたし」

「そうだったんですね」

弓木くんはずっと笹井先生と話していて、時々中川さんが果敢に話しかけるも、専門的な医学の話題ばかりで会話に入れないでいた。

多分、笹井先生もわざとやっている。別に中川さんが嫌だからとかそういうのではなくて、あの人は若者をからかって遊ぶのだ。

「すげえガッツだけど見事なスルーだな。聞きしに勝る対応……勉強になるわー」

時任先生が顔を寄せてきて、こっそりとそんなことを耳打ちする。思わず笑ってしまった。

「彼、先生の間でも話題に上るんですね」

「そりゃ可愛い看護師たちが大騒ぎだったからなー。俺もそこそこモテるんだけどかなわないな」

「時任先生はもうちょっと、こう……きりっとしたらいいんじゃないですか？」

「ええ……やっぱ今井さんもああいうのがタイプなんだ……」

「えっ、いえ、そういうわけじゃ……」

本当にそんなつもりで言ったわけじゃなかった。だけど、学生の頃の恋心を指摘されたような気がして、ぼっと頬に熱が集まる。みるみる赤くなっているのが自分でもわかるほどで、耳まで熱くなっていた。

「え、冗談なのに、まじ？」

真っ赤になった私に、時任先生が狼狽える。

「違います！　そうじゃなくて、ちょっと酔いが回って。ワインが効いたのかも」

グラスワインを柳川瀬さんが注文した分まで飲んでいたので、確かに酔いも混じっている。

「ああ、そうか。水頼もうか？　ジュースにする？」

「そうですね、ちょっとすっきりするのが飲みたいです」

「俺がやるよ」

時任先生がテーブルに置いてあるタブレットを手にして、私の方に身を寄せてくる。一緒に見ようということだろうが、さっきからやけに距離が近い気がして、私は身を固くした。

「あの……」

「んー？　あ、グレープフルーツは？　さっぱりしそうだけど」

ちょっと、本当に近い。どうしたものかと体を傾けた、その時だ。がたんと椅子の音がした。勢いよく立ち上がったのか、少し大きな音だったように感じた。そちらを見ると弓木くんがなぜか私を見ていたようで、目が合った。

――え、なに？

一瞬、その目が険しいものに見えた気がして、動揺する。しかし彼はすぐに私から目を逸らして、笹井先生に向けて礼をした。

「それでは、私はこれで失礼します」

「ああ、引き留めて連れてきちゃって悪かったね」

「いえ、私も貴重なお話を拝聴でき有意義な時間でした」

それからなぜか出入り口に向かわずにこちらに歩いてくるので、私は驚いて固まってしまった。だが、彼が話しかけたのは私ではなく時任先生だった。

「時任先生、突然お邪魔して申し訳ありませんでした。会費をお支払いします」

「いやいや、いいって。笹井先生が連れてきたんだし、君ほとんど飲んでも食べてもいないじゃん」

「ですが」

「大丈夫。飲み放題プランとかじゃないから、ひとり増えたって飲み食いした分の金額をみんなで割るだけだから」

弓木くんは少し考えていたが、「それでは、お言葉に甘えます」と一歩下がって軽く頭を下げる。それから時任先生と私、両方に向けて言った。

「お先に失礼します」

そして足早に会場を出ていく。その後ろ姿を、私はしばらく見つめていた。

心が、どうしても話しかけたくて仕方がなくなる。だけど、いざとなるとなんて言えばいいかわからない。弓木くんを見ると、そんなジレンマに悩まされる。

今日のお礼はすでに伝えてしまっている。もう一度言うのはしつこい気がするし、わざわざ追いかけるのも勇気がいる。弓木くんの態度に、少しもかつてのような気安さが見えないのが怖くて心配だった。

「今井さん？」

時任先生が、私を呼んだ。だけど私は、弓木くんが去った方角から目を離すことができなかった。

「ごめんなさい、ちょっとお手洗い行きますね」

席を立って、弓木くんのあとを追いかける。廊下に出れば弓木くんの広い背中が店の外へ出ていくのが見えたけれど、早歩きですぐに見えなくなり諦める他なかった。

これ以上追いかけても、何を言えばいいのか。昔のことに触れていいのか、わからなかったから。


歓迎会から数日後の出勤日、仕事の合間を見て私は看護師長に会いに行った。

「師長、ちょっといいですか？」

五階ナースステーション奥に看護師長室がある。少し厳しそうな雰囲気の眼鏡をかけた女性が、五階の看護師長だ。確か五十代といっていただろうか。雰囲気とは裏腹に気遣いのある人で、以前同じ部署で働いていた頃に笹井先生と同じくお世話になった。

ノックをしてから引き戸を開けると、ライティングデスクに座る看護師長が迎えてくれた。

「今井さん？　どうぞ入って」

「失礼します」

パソコン業務をしていたらしい師長は、眼鏡を外して軽く目頭を揉み解している。老眼が結構キツいようだ。

「何かあった？」

「いえ、ちょっとお伺いしたいことが。あの、中川さんから師長にお話が上がってきてませんか？」

尋ねると、師長は小さく首を傾げる。

「中川さんから？　……いえ、何も聞いてないけど」

「……そうですか」

やっぱりか、と思わずため息が落ちた。

以前、私の咄嗟の発言から中川さんが進めようとした医薬品勉強会のことである。

あれきり中川さんからはちっとも音沙汰がなく、声をかけようにも仕事中は忙しくてすれ違ったりシフトが合わなかったりで、聞く機会を失っていた。

……さて、どっちだろうなあ。

師長に相談せずに進めているか、もしくは、まったく進んでいないか。彼女の場合、どう考えても弓木くんが目当ての様子だったから、後者の可能性の方が高いと感じた。

「何？　中川さんと何かあったの？」

「あ。いえ、実は……」

中川さんが進める気がないのなら、それはそれでもったいない。立ち消えになる前に、私から話を通しておくことにした。

簡単にことのあらましを説明し、さらに先日あった出来事も理由としてひとつ付け加える。

「看護師もきちんと勉強しているというわかりやすい実績を作れば、医師からの信頼度も高くなるのではないかと期待しています。互いの知識を擦り合わせれば、より早く適切な処置に繋がると思います。看護師にも、言われるままに薬品を扱うのではなく勉強する機会があればと思うのです。その許可をいただきたくて」

「ああ、なるほどね。もちろん話を進めてみてください。いざ実現となればシフト表にその勉強会の時間も必要になるわね」

「そうなります。……いいんですか？」

「ええ、ぜひお願い。……多分、今がタイミングもいいんじゃないかと思うわ」

あっさりと許可が下りたことにももちろんだが、タイミングという言葉に私は首を傾げた。

「タイミング、ですか」

「そう。以前にも一度、その話が出たことがあったのよ。当時の内科部長は医師至上主義だったから、必要ないのひと言で終わってしまったけどね。看護師に知恵をつけさせるななんて時代錯誤……失礼、まあ、時代が追いつかなかったのよ、主に一部の医師にとって」

「師長師長、失礼とか言いつつ全部言ってしまってます……」

「言いたくもなるのよ、本気で腹が立ったから。でも、今は笹井先生が内科部長でしょう。あの人なら柔軟だしむしろ協力してくれるんじゃないかしらね。製薬会社に協力はお願いしてあるの？」

「いえ、まだです。師長にお伺いしてからと思ったので」

「じゃあ、ちょうどよかったわ。同じように提案してくれた人がいるのよ」

「そうなんですか？」

「私の方で頼んでおくから、あなたが責任者になって一緒に話を進めてくれないかしら。ちょっとあなたに実績積んでおいてほしいのよ」

「実績ですか？　……わかりました」

なんの実績だろうと首を傾げつつも了承した。許可はあっさりもらえた上に協力先に約束まで師長が取りつけてくれる。

これで計画さえ立てばあとは実現が早い。私は礼をして看護師長室をあとにした。

中川さんとの話では弓木くんに依頼するということになっていたが、その選択肢は選ぶ以前に消えてしまった。そうなると、彼女はもう興味を持たないだろう。私が責任者になると中川さんがどう思うか気になったが、心配はなさそうだ。


日常業務をこなしながら、勉強会に意欲を持ってもらえるよう資料を作り、まずは看護師数人に声をかけた。柳川瀬さんは子供がいるからどうかと思ったが、案外興味を持ってくれた。むしろ仕事をする上で不安もあるから、そういう機会があるならぜひ参加したいと言ってくれたのだ。だが、やはりできるなら日常業務以外の仕事を増やしたくないという反応も、少なからずあった。

最初から全員の好感を得られるとも思っていない。ある程度の人数が集まったら、ミーティングの時に希望者を全体に募ってみることにした。

中川さんは案の定、あれきりなんの計画も立てていなかったようで、私が動き出したことを知っても何も言わなかった。どうやら、弓木くんに話しかけるきっかけにしようと思っていたのに、歓迎会の時のけんもほろろな様子に気が萎《な》えてしまったらしい。

それはそれ、これはこれだろうに。

勉強会の実現に向けて、今できる範囲の準備を進めて一週間後。看護師長にミーティングルームに来るよう呼び出された。

ミーティングルームには、師長と並んで弓木くんが立っていた。

「……えっ」

「今井さん、待ってたわよ」

師長が手招きで私を呼ぶ。

「例の勉強会の件よ。帝生製薬の弓木さんが協力してくれることになったから、あとはよろしくお願いね」

「えっ？　あっ、はい……」

「じゃあ、報告はある程度まとまってからでいいから」

承知しました――という言葉はほぼ無意識に口から出ていたが、私は呆然と弓木くんを見つめていた。その間に、師長はさっさと退室してしまう。

「えっ？」

あっという間に、ミーティングルームは私と弓木くんのふたりだけとなっていた。しん、と静まり返った空間で、私は混乱した頭をどうにか整理する。

つまり、前に師長が言っていた勉強会の提案をしてくれていた相手というのが、弓木くんだったということか。

どうして？

理由を考えて、研修医と揉めてしまった時のことを思い浮かべてしまう。

「今井さん」

「え、はいっ」

咄嗟に背筋を伸ばした。彼は無表情のままだが、目を合わせて名前を呼ばれただけで、どうしても記憶の中の彼が呼び覚まされた。

昔『今井さん』と私を呼びながら、陽だまりみたいに暖かい笑顔を向けてくれたけれど。

同じ声で同じ顔なのに、今は淡々とした口調と感情の見えない表情で、陽だまりどころかとても冷ややかに感じてしまう。

「このたびは、勉強会の提案をありがとうございます」

そう言って綺麗なお辞儀をする。あくまで仕事としての態度で、ふたりきりになっても以前のようには接してくれないのだなと、変に舞い上がりかけた頭が急速に冷えてくれた。

「こちらこそ、ありがとうございます。弓木さんの方からもお声をかけてくださったと聞いています。とりあえず、座りましょうか」

どうにか冷静さを取り戻した私は、彼とは逆にめいっぱいの微笑みを見せて着席を促した。

長机を挟んで対面に座る。平静を装っても緊張で微《かす》かに手が震えていた。

どうしようかな。雑談するような空気じゃないし……すぐに仕事の話にする？

でも、最初はいくらか雑談を交えて空気を柔らかくする方が、話がうまくまとまったりする。そもそも、急な対面になったので、何から相談するべきかまだまったくの準備段階だ。

しかし、悩んだのはつかの間だった。

「これまで、看護師向けの勉強会を開いたことがないと伺っています」

弓木くんの方から話を始めてくれた。悩んだのがバカバカしくなるくらいにビジネスライクだ。

「えっと……ええ、その通りです。他院ではそういった取り組みもされていると聞いたことはあるのですが、当院ではまったく。なのでまだ手探り状態なんですが……」

気持ちを切り替えて、現状を素直に伝える。まずは五階の看護師で何人くらいが積極的に参加をしたいと考えているか、どういった形にすれば多くの看護師に興味を持ってもらえるか。常に情報をアップデートできる環境があっても、看護師の意識が高くなければ意味がない。

「あまり反応がよくなければ最初は少人数で、主任以上の看護師から始めるのもいいかと思ったんですが……」

「新人看護師はまずは目の前の仕事に慣れるのに専念してもらった方がいいでしょうね。だが主任以上となると対象が減ってしまうし、一番多く患者さんに接するのは主任以下の看護師でしょう」

「そうなんですよね……他院ではどうやって定着させたんでしょう」

話しているうちに仕事の内容に集中して気まずさを忘れていた。何より塩対応と聞いていたのに、仕事に関する話だからか彼は丁寧にひとつひとつ応えてくれる。

といっても、なにも知らされず呼ばれたので、作りかけの資料を持ってきてもいなかった。話せる内容にも限界がある。

「では、一度私の方にある資料を参考にお持ちします」

「え……いいんですか？」

彼の手元に、うちと同じようにゼロからスタートした時の進行や看護師に向けての資料が残っているらしい。それを見せると彼が言ってくれたのだ。

「伏せなければいけない部分は除《のぞ》いても、参考になるかと思います。整理するのに少しお時間をいただきますが……一週間後は出勤されてますか」

「……はい、そうですね。ちょうど一週間後だと日勤で朝から夕方六時まででしたら」

「では、その日に」

彼がスーツの内ポケットから手のひらサイズのメモ帳とペンを取り出した。今話した日付をメモしているのだろう。

その仕草をなんとなしに見ていて、ふと懐かしい感覚に襲われる。

――あ。その癖。

勉強している時、ノートを取っている時。ひと段落書き終わったあとにとんとんとシャーペンの先で二度、紙面を叩く癖があった。

無意識だと言っていたあの癖を、今も見ることができた。昔と変わっていないところをひとつ見つけられて、どうしてかうれしいと思ってしまう。それは『高校生の私』の名残だろうか。

「それでは、これで失礼します」

かたん、と椅子の音がして、私も慌てて立ち上がる。彼は小さく会釈をすると、そのままミーティングルームの外へと歩き出そうとする。

その直前、どうしても。どうしても言いたくて、私はつい引き留めてしまった。

「あの！　今日は、ありがとう……弓木くん」

敬語をやめて以前のように彼を呼んだのは、一瞬の判断だった。心のどこかできっと、私は彼と昔のように話したいと思ってしまったのだ。

敬語なんか使わずに。笑ってほしくて。

だけど、立ち止まってこちらを振り向いた表情は、私が期待したものとは違った。

「……あ。あの、看護師向けの勉強会、師長に話してくれたこと。以前、私が揉めた時のことがきっかけなのかなって……」

意味が通じていなかったのだと、慌てて説明する。看護師にも勉強会を通して情報を得る機会があれば、意見を軽んじられず信じてもらえるようになるかもしれない。

そう、気にかけてくれたのかと思ったのだ。

だけどそれでも、彼は笑顔を見せなかった。「ああ」と思い出したように一度頷いたあと。

「仕事ですので。お気になさらずに」

そう言って、彼はミーティングルームを今度こそ出ていってしまった。私の期待など全部見なかったことにしたのか、それとも気づいてすらいなかったのかもしれない。

彼がいなくなったミーティングルームで、私は思いのほかショックを受けていた。

椅子に再び座って、呆然とする。

……やってしまった。いくら、彼から何か反応が欲しいからって、長く会っていないのにくん付けで呼ぶなんて失礼すぎた。

淡々とした彼の態度が、心に突き刺さる。

「……痛い」

胸の奥が、ぎゅうっと締めつけられるように痛かった。

彼は、私との再会を喜んではいないのだと、わかってしまった。

初恋の終わり

終わりの日は、本当になんの気配もなく突然にやってきた。

高校二年生の塾の帰り道。二月でちらつく雪の中を弓木くんは塾の近くで待っていてくれた。私の分のあったかい紅茶を買って差し出してきて、私は「ありがとう」と受け取る。

高校生になってからは彼も部活で遅くなることもあり、いつもというわけではないけれど、真冬の暗い時期は時々迎えに来てくれた。

あれから私がお返しにコーヒーを買ったりと交互にするのが習慣になって、今日は彼が買う日だった。本当なら、私がお礼に全部おごらないといけないところだけど、それは弓木くんにお断りされてしまった。

「あのね、弓木くん」

マンションのロビーに着いて冷たい風から逃れてほっと人心地ついた時、エレベーターが来るまでの短い間に私は思い切って彼に切り出した。

この日、私は長年温めた思いを告げるために一大決心をしていた。

「うん？　どうした？」

私の緊張が伝わったのか、弓木くんは腰を折って心配そうに私の顔を覗《のぞ》き込む。高校生になってさらに背が伸びた彼は、百六十センチの私と二十センチ以上の差ができていた。こういう仕草をされるとなおさら身長差が際立って、余計にどきどきしてしまう。

「あ、あのね」

「なんかあった？」

「あの」

ぐずぐずしているとエレベーターが来てしまう。階数表示の数字が段々と一階に近づくのを見て、私は焦って勢いよく告げた。

「明日！　じ、時間、ある？　会えないかなと思って」

明日はバレンタインデーだ。土曜日で、学校はお休み。

私の言いたいことがわかったのか、彼は目を見開いてそれからきゅっと唇を閉じる。

頬が徐々に赤くなって、彼が照れているのだと教えてくれた。

その時、ポンッとエレベーターが着いた音がしてふたり揃ってびくっと肩が跳ね上がった。中にはひとり人が乗っていて、私たちはだんまりの状態でエレベーターが空くのを待ち、ふたり揃って乗り込む。扉が閉まるとふたりきりの空間になって、いつもなら気にならない沈黙がひどく気になった。

エレベーターが来たせいで、せっかく勇気を出したのに話が途切れてしまった。

も、もう一度同じことを言うべき？　どうしよう？

また言わなきゃならないの？　結構勇気出したんだけど⁉

二月だというのに服の下にダラダラ汗をかいていた。私たちの住む十階に着く直前、今度は弓木くんから口を開く。

「練習試合があるから」

「あ、そ、そうか」

「五時くらいに帰ってくるけど、それからでいい？」

ぱっと顔を上げる。その瞬間にまたポンッと鳴ってエレベーターが十階に着いた。

ふたりなぜか競うようにエレベーターを降りて、各々家のドアの前に立った。それから顔を見合わせる。弓木くんの顔も赤かったけど、私の顔も間違いなく、それ以上に赤いはずだ。

「えっと、じゃあ明日、下で帰ってくるの待ってる」

「いや、時間差ありそうだし。帰ったら俺がインターフォン鳴らすよ」

「そう？　……うん、じゃあ、待ってる」

「おう」

ドアを開ける直前、はにかみながらお互い笑い合う。そうして、それぞれの家に入った。

これが、私たちがまともに会話をした最後になった。


バレンタイン当日のことは、今はもう断片的な記憶になっている。気が動転して、お父さんが怖くて、お母さんの泣き叫ぶ声が頭に響いて、全部の感覚が私を責め立てていた。

「人のことは浮気だなんだと疑いまくってＧＰＳまでつけさせやがって、その挙句にこれか！」

「お父さんやめて！　もうやめて！　お母さんケガしちゃう！」

何があったのかは、状況から察するしかなかった。だけど信じられない気持ちだった。

その日、朝からお母さんはとても上機嫌だった。私はチョコレート以外に小物のプレゼントもしようかと思いついて、午前中から出かけていて帰ってきたらすでにそこは修羅場になっていた。

玄関口で揉めているお父さんとお母さん、それと隣の——弓木くんの、お父さん。弓木くんのお父さんはすでに殴られたあとらしく頬が腫《は》れていて、そんな状態でお母さんの髪を引っ張るお父さんを宥めようとしていた。

だけどそれは逆効果で。お父さんが怒鳴りながら、弓木くんのお父さんを玄関の外に追い出した。

「燈子ちゃん！」

扉が閉まる寸前、弓木くんのお父さんが心配そうに私を見る。だけど結局、どうしようもなかった。

弓木くんのお父さんがいなくなって、少しお父さんも落ち着いたのか荒い息遣いではあるが怒鳴り声はおさまった。お母さんは床にうずくまってまだ泣いている。

「燈子、荷物まとめろ」

「えっ？」

「こんなところに置いておけるか！　へらへらしながら隣の間男に媚《こ》びへつらいやがって」

忌々《いまいま》しげにお父さんが床に散らばった写真を見る。よくよく見ればそれはお母さんと弓木くんのお父さんの写真だった。ふたり仲良く買い物をしているところや、レストランで食事をしているところ。写真はいくつもあって、一度や二度のことではないことがすぐわかる。

「間男なんかじゃないわ！」

「まだ言うか、この……！」

「お、お父さんやめて！　これ以上大きな声出したら警察沙汰になっちゃう！」

もしかしたら、いっそのことその方がよかったのかもしれないが、この時の私はもうこれ以上怖いことが起こらないようにと必死だったのだ。

とにかくまた父が母を殴らないように、父に言われた通りに荷物をまとめる。といっても気が動転して、何を入れたらいいのかわからない。

父は母の服を適当に鷲掴《わしづか》みにしてバッグに放り込み、母の手を引っ張って貴重品の在り処を聞いている。それを見て、私もとりあえず制服と私服を数枚だけバッグに入れた。しわになるけど、仕方がない。

バッグを手に再び散らばる写真を見つめる。どれもこれも、母はうれしそうな顔で写っている。それを見て、嫌な予感が当たったのだと思った。ずっと不安定だった母が、ここ二年ほどは比較的落ち着いていた。ただ、弓木くんのお父さんと廊下なんかで偶然会った時に、やたらとうれしそうだったのを覚えている。なんとなくその表情が嫌に感じて、あまり考えないようにしていた。

――まさか、ほんとに、お母さんと弓木くんのお父さんが？

さっきの写真は、ホテルに入るところのような決定的なものはなかった。だけど母の表情は〝女〟の顔だと感じた。私が嫌だと思った表情だった。

途端に胸に湧き上がったのは、弓木くんのお父さんへの申し訳なさだ。本当に父の言うような不倫関係なのかわからないけど、きっと母の不安定さに巻き込まれたのだと思った。

「……そうだ、弓木くん」

弓木くんに謝らなくては申し訳ないと思って、やっと、今日の約束のことを思い出す。謝らなくちゃいけないし、今日の約束ももう守れないことを伝えなくてはと思ったのに、スマホがどこにいったのかわからなかった。

帰ってきてすぐの騒ぎで、スマホを床に落としたのを思い出したけれど、見渡しても見つからない。

「燈子、行くぞ」

「えっ？　あ、でも」

「いいから早く来い」

どんと父が母の背中を押し出して玄関へと追いやると、今度は私の腕を掴む。有無を言わさぬ雰囲気に何も言えず、私と母は父の手で部屋から出された。

エレベーターで一階のロビーに下りて、父は正面玄関ではなく裏側の駐車場の方へと向かう。その時。

「今井さん？」

正面玄関に、スポーツバッグを手に制服姿の弓木くんが立っていた。驚いた顔で私をじっと見ているけれど、私は「ごめんなさい」と小さく呟くしかできなくて。

父に引っ張られて、車の中へと押し込められた。


これが、私の初めての恋の終わりだ。

スマホはあとからマンションに戻った時に探せばいいと思っていたのに、父がそれを許さなかった。そのまま父の家まで連行されてしまい、マンションもスマホも父が全部解約してしまった。私の高校の転校手続きも、何の相談もなく決定事項で進められた。

おそらく、あの写真だけでは母の不倫を立証できないと父もわかっていたのではないかと、大人になった今そう思う。だから訴訟を起こさず、即座に引き離すことで溜飲を下げたのだ。

弓木くんに謝ることもできず、小さい頃からずっと仲のよかった幼馴染や友達とも縁が切れてしまった。

何度か母に、弓木くんのお父さんとのことをこっそり聞いてみた。もしかしたら、父の思い込みじゃないかと、会っていたのは何か理由があったんじゃないかと思いたかった。

だけど、そのたびに涙ながらに謝るだけだった。

「ごめんなさい、ごめんね燈子」

「好きになっちゃったの、どうしようもなかったのよ」

涙交じりに訴える母に幻滅した。母は、私の母ではなくなって、女として満たされていたからここ数年落ち着いていたのだ。そう思ったら、娘を振り回した自覚もないのか自分の恋心ばかり主張する姿に嫌悪感すら抱いてしまった。

――お母さんのせいで、私は弓木くんに会えなくなった――。

心の中で、そう恨む気持ちがどうしても消えなかった。

「雪ちゃん、おかえり！　お疲れ様」

インターフォンが鳴って、ドアを大きく開けると仕事帰りの雪ちゃんがいた。

昨日の歓迎会のあと、どうしても雪ちゃんと話したくなって、ダメもとで連絡してみた。彼女は仕事のあとでよかったら、とふたつ返事で来てくれたのだ。

彼女とは新人の頃から時々こうしてお泊まり会をする。仕事の愚痴やプライベートの悩みなど、彼女が聞かせてくれる時もあるし、私が聞いてほしい時もある。

「ただいまぁ。ご飯！　いい匂いがする！」

「久々のお泊まり会なので。ひっさびさに作ってみました」

私だって、できないことはないのだ。ひとりだと面倒だからしないだけで。

テーブルの上に並ぶ料理は、アボカド好きな彼女のためにアボカドとツナのチーズ焼き、ハンバーグのトマト煮込みと明太子入りのポテトサラダ。お酒を飲むかどうかわからなかったので、おつまみにも食事にもなりそうな料理を選んだつもりだ。作り方はもちろんレシピサイトを見ながらだけど。普段作らない人間はそんなものだ。

「なんか手伝うー？」

「いいよ、働いてきたんだから座ってて。お酒飲む？　ビールと缶のカクテル買ってあるよ」

「んー……今日はいいかな。冷たいお茶が欲しいです」

「そう？」

私はグラスをふたつとお茶のペットボトルを持って、テーブルに戻る。椅子がふたつだけのコンパクトなテーブルだが、ひとり暮らしでたまに友人が来るだけなのでこれくらいがちょうどいい。

「うん、だってさ。なんか話したいことがあるんでしょ？　酔っぱらったらちゃんと聞いてあげられないし」

テーブルに頬杖をついて、雪ちゃんがにこりと笑う。わかってくれていたことがうれしくて、私はうっかり目が潤んでしまいそうになった。

「雪ちゃん！　ありがとぉ！」

「長い付き合いだからね、なんかあったのかなってくらいわかるわよ。ほら、食べながらでいいから話してよ。私も食べながら聞くから」

まずは料理を挟んで対面に座り、ふたり揃って手を合わせた。

「……おっも。いや、話してくれてうれしいんだけど……おっもいわ。びっくりした。

酒があった方がよかったかしら」

「ご、ごめん。今から飲む？」

「いやいいけど。うん、思っていた以上に真剣な話だったから、ちょっと心の準備が足りてなかっただけ」

ハンバーグとアボカドの料理を食べ終えた彼女は、ちまちまとポテトサラダをつまみながら時々考え込むように箸を止める。私は途中からは話すことばかりに気がいっていて、まだハンバーグが半分ほど残っている。

雪ちゃんとは長い付き合いだけれど、これまで家のことを話したことはまったくなかった。あまり折り合いがよくないということだけは漏らしていたけど、雪ちゃんも何かを察してか深く聞いてはこなかったのだ。

「……つかそんだけ振り回されて結局離婚しちゃってるんだ、燈子の両親」

「そうなの。転校させられてから一年と少ししてからかな。看護大学に入って私が寮生活になって」

独り立ちできるのを待っていたのか、それともふたりだけになって関係が破綻したのか……いや、もともと破綻していたか。何せ、あれだけ怒っていたくせに父の単身赴任先に行けば父の不倫相手がいた。そこでまたひと修羅場である。

修羅場をふたつ立て続けに体験した直後、私はなんだかバカバカしくなってしまった。さっさとこの親から独り立ちして、自分で生きていかなくてはと思ったのだ。だから看護大学に入学してすぐ寮に入り、奨学金とバイトでどうにかやりくりした。両親に頼りたくないというより、頼らず生きられるようにならなきゃという強迫観念の方が強かった。

そうしてしばらくして母から電話で離婚の報告を受けた。何があったか詳しくは聞かず、『よかったね』とだけ言ってすぐに電話を切ってしまった。ぐずぐずと理由を話し出しそうだったので、それは拒否したかった。何を聞いても多分、言い訳にしか聞こえないと思ったからだ。

「思えばまあ、子供だったんだけどね。今となっては大人げない態度をしたけど、もう振り回されたくないし今もあんまり関わりたくない」

今はもう、どちらにも私から連絡することはない。父の連絡先は知っているけども声も聞いていない。母は時々連絡してきて会いたそうではあるけれど、何回会っただろうか。ちょっとカフェでお茶する時間を、せいぜい片手で数えられる回数だ。

「まあ、自由になってよかった。よく頑張ったよ、燈子えらいえらい」

「あはは……ありがとう」

雪ちゃんがテーブル越しに手を伸ばして、私の頭を撫でてくれた。冗談交じりの仕草だが優しくてそれがくすぐったい。

「……で！　親のことはもう吹っ切れてるぐらいなのに、どうして今になってこの話をするに至ったのか……が、まさか話題のＭＲ弓木さんだとはびっくりだわ」

「私も本当にびっくりしたよ。絶対もう二度と会えないと思ってたもん」

一度だけ、地元に帰った。引っ越し先と地元とは遠く離れていて、新幹線で二時間以上かかる。高校の間は父がお小遣いも最小限しか持たせてくれずバイトもできなくて、会いに行くお金がまずなかった。どうにかして少ないお小遣いをコツコツ貯めて、大学受験のあとに門限を無視してようやく母と住んでいたマンションに行った。

もう、弓木くん親子は引っ越したあとだったけれど。あれだけ騒いだため、マンション内で不倫の噂が広がって弓木くんたちも居づらくなってしまったのだそうだ。

学校も変わったらしくて、彼がどこに行ったのかまったくわからなくなっていた。

その時に幼馴染である莉子の家にも行って、急に転校することになった事情を説明した。スマホを失くしたまま解約されて、音信不通になってしまったことも。

中学では私と莉子、弓木くんは同じ学校だったけれど、高校は彼だけ別の学校に行っている。家が隣の私と違って、莉子は特に接点がなく彼の行方も知らなかった。

ハンバーグをようやく食べきって、お皿を少し横によける。まだポテトサラダが残っているけど、食欲が段々となくなってきて、いったん箸を置いた。

「……嫌われてたら悲しい」

心が落ち着かない理由は、結局そこだった。不倫の真偽のほどはわからない。けど、母は間違いなく本気で好きになっていたようだった。弓木くんのお父さんがどうなのかはわからないけれど……私たち親子のせいで弓木くんはマンションにいられなくなって、転校まですするはめになったのだ。嫌われていたって仕方がないと思う。

だけど、私は会えてうれしかったから、複雑なのだ。

両手で顔を覆って、椅子の背もたれに体を預けて天井を向く。

「うーん……初対面みたいな挨拶されたんだっけ？」

「そう。でもそれは私も同じだし……私ってわかんなかったのかなあ、ともちらっと思ったんだけど……」

「ええ……そんな濃い体験した相手、忘れることはないでしょ。外見が様変わりしてるとか？」

「……学生の頃に比べると若さはないけども。そこまで変わらないと思う」

ちょっと頬を触ってみる。ほうれい線はまだ気にならない……はず。それに名前を聞いても、まったく気づかないというのは不自然だと思う。

「まあ、じゃあ気づいていると仮定して。燈子は、親に振り回されたとは思ってるけど、弓木さんのことは嫌いになったり恨めしく思ったことはないんでしょ？」

「まったくない。会えなくなったことばっかり考えて……弓木くんのお父さんのことはよくわからないけど。でも親子仲がよかったから、申し訳ない気持ちの方が大きくて」

「だったら、弓木さんの方も同じじゃない？」

「……そう、かな」

両手を離して、背もたれからゆっくり体を起こす。雪ちゃんを見ると、彼女は力強く頷いていた。

「わかんないけどね、それこそ直後は恨まれてたかもしれないけど」

「うっ……」

「でももう大人でしょ、ふたりとも。その頃まだ高校生の身だったあなたたちになんの責任があるっていうのよ。それはどっちにも言えることだし、だから過去はどうあれ今はそうでもないんじゃない？」

「ほんとにそう思う？」

「思うよ。ただ、その高校生の時の両片想いみたいな感じは、今はどうかわかんないけど」

それを聞いてまた落ち込んで、今度はごんっとテーブルに突っ伏し額をぶつける。

十年以上経って、どうすることもできなくて諦めてしまったはずなのに。まだ、こんなにも落ち込めるくらいに、私は引きずっていたらしい。

「ねえ、燈子」

「んん?」

とんとんと私の後頭部を指でつつきながら、雪ちゃんが私に尋ねる。

「燈子は自分の気持ちをどういうのだと思ってるの?」

「……言わなきゃダメ?」

「そりゃダメでしょ。ここまで話しておいて」

くすくすと雪ちゃんの笑う声がする。しばらくじっと動かずにいたけれど、私は観念して顔を上げた。

「……好きなんだと思う、今でも」

「ほんとに?」

念を押すようにもう一度尋ねられて、私は一度目を閉じて深呼吸をした。思い出すのは、去年同僚に告白された時に気づいたことだった。

一緒にいて居心地が悪かったわけじゃない。話は楽しかったし、気は合っていたはずなのに、好きだといわれた途端に全部が色あせたような気がした。見ないふりをしていた初恋が、今もまだ生きていたことに気がついたから。

「高校生の時みたいに、まっすぐ綺麗な気持ちかというと、それはわからないけど。ずっと心の奥に眠ってただけで、忘れてなかったんだと気がついちゃったんだよね……」

もう会えないだろうと思うと苦しくて、心の奥に閉じ込めて出てこないように蓋をしただけだった。いつかは消えたかもしれないその気持ちは、再会して消える機会を失くしてしまった。高校生の弓木くんに向けていた想いが、大人の弓木くんに出会って融合していくような気がした。

たとえ過去の恋に引きずられているだけだとしても、今はこの気持ちを大切にしたい。一度諦めたものを、もう一度忘れるだなんて嫌だと思ってしまったのだ。

友人にこんな気持ちを話すのは、気恥ずかしい。でも真剣に聞いてくれたからこそ、私もちゃんと話さなければと思った。雪ちゃんはにやにや笑っているけども。ちょっと面白がられているような気がしないでもない。

「……うん。よし」

「雪ちゃん？」

「燈子、その気持ち伝えちゃおう」

多分言われるだろうなと思っていたことを言われて、うっと言葉に詰まった。

「でも、だから困ってるんだって。初対面の対応されたってことは、昔の話をされたくないってことじゃないの？」

「そうかもしれないけど、違うかもしれないじゃん。聞いてみなくちゃわかんないわよ」

「……うぅん。そう、かな」

雪ちゃんの言う通りかもしれないが、すっと目を逸らされた時や十年の月日を超えようと勇気を出した私をスルーされたショックが今も胸にギリギリと痛みを与えてくる。反面、研修医と揉めた時に助けてくれた弓木くんの背中を思い出しては、今度はきゅんきゅんしてそれもまた胸が痛い。

「だからもう複雑なんだってぇえ」

「だからさっさと終わらせてこいって言ってんの、そのこびりついた初恋を！」

「終わらせる!?　玉砕しろってこと？」

「どっちになるかは好きって言ってみないとわかんないって言ってんの」

それはそう。うじうじしてても仕方がない。だけど、その、ひとの初恋を『こびりついた』とかカビみたいに言わないでくれないかな……。

「ってか、今の弓木くんに職場で話すのは別の意味で勇気がいる……弓木くんと協力して勉強会企画してるって知られたら……」

今のところ、私から敢えて漏らしたりはしていないが、ミーティングルームに彼と一緒に師長に呼ばれたところを見ていた人はいるはずだ。気づかれるのは時間の問題だと思われる。

「いっそのこと昔の友達なんですってバラしちゃったら？　そしたら知り合いだったからって理由にできるじゃない」

「紹介しろって殺到しそう」

「同僚が連絡先教えてほしいって言ったら、会社の番号もらったって言ってたわ。そんなん院内で調べたらわかるってのに」

「弓木くん、徹底してるなー」

ああ、そうだ。そういうところは以前と違っていて、やはり心配になってくる。傷つくのが怖くてこのまま放置してしまうより、冷たくされてもいいからもう一度話をしてみたい。

それにしても、この急展開はなんだろう。奇跡の再会をしたかと思ったら、これからしばらくは仕事上で、協力し合うことになるなんて、正直心が追いついていない。

その日の夜は叱咤激励されながら結局途中からお酒も入り、深夜近くまで飲んでふたりでシングルベッドに並んで寝たのだった。

偶然と必然と突然と

弓木くんと約束をした一週間が経ち、私は日勤で朝から出勤した。何時頃に来るのだろうかと、ちょっとそわそわしてしまう。

ちなみに、看護師たちにも少しずつ勉強会の普及活動をしているが、どこの製薬会社に依頼するかなど具体的なことは、雪ちゃんと柳川瀬さん以外には話していない。

弓木くんを目当てに参加する人が集まったらあまりに失礼なので、敢えて今は伏せてある。実現したらいずれは発覚することなのだが。

昼頃、外線に弓木くんから連絡が入り、夕方五時頃になることを知らせてくれた。

「ねえねえ、今井さん。よかったら今日飲みに行かない？」

「は？」

思わず素で声が出た。相手は、どういうわけか最近どうも懐かれている気がする時任先生だ。

「私は六時には退勤ですけど、先生はそんな早く終わりませんよね？」

「うああ、それ言われると辛いぃ」

医者は体力勝負なところがある。医療現場も働き方改革でちょっとずつマシになってきているけれど、具合の悪い患者さんがいれば定時になっても医者はその場を離れられない。交代するにしたって、自分の患者さんを置いてすぐには帰れないものだ。

「まあ、今日は今のところ落ち着いてますけど、夕方検査入ってませんでした？」

「おっ、俺の予定を把握してくれている」

よくわからない時任先生は無視して、パソコン入力を終わらせて立ち上がり、ホワイトボードの前で今日のタスクを確認する。

滞りなく昼間の業務は終わり、夜勤に問題なく引き継げそうだ。あとは弓木くんが来るのを待つだけだけれど……時計を見ればもうじき夕方五時になる。

ミーティングルームは、今は空いているはずだが一応確保しておくことにした。

引き戸を開けて中に入ると、それほど乱れてはいないが念のため机と椅子の位置を整える。

「七時……七時半には絶対終わる。飯行かない？」

「まだいたんですか？」

時任先生が知らないうちについてきていたので、驚いてしまった。

「おごるから！　待っててよ」

「うーん……」

ぱん、と両手を拝むようにお茶らけた仕草をされて、私も冗談混じりに返事をした。

「お腹空くので無理ですね！」

「ひどい！」

「別に他にいくらでも若い子いるじゃないですかー」

「……そういうんじゃなくてさぁ」

そんなふざけたやりとりをしていたら、引き戸の方で物音がした。反射的にそちらを向くと弓木くんが立っていて、私は驚いて声をあげた。

「弓木、さん」

だが、なぜか彼の方もわずかに目を見開いているような気がする。

「あれ、帝生製薬の弓木さんじゃないですか」

時任先生の意識がそちらに逸れてくれて、ほっと息をつく。正直しつこくからかわれるのは面倒くさい。弓木くんは小さく会釈をすると時任先生に向かって言った。

「看護師向けの薬剤勉強会について今井さんと打ち合わせがありまして、参りました。今井さん、遅くなって申し訳ありません」

後半は私の方へ向けて、だ。さっきの、少し驚いたように見えた顔は一瞬でまたいつもの固い表情に戻っている。

「とんでもないです。こちらこそ、わざわざありがとうございます」

どうぞ、と手で椅子をすすめる。すると彼は軽く会釈してすぐに座るかと思いきや、もう一度時任先生の方へ向いた。

「よろしいですか？　繊細な情報もございますので」

そう言いながら時任先生を言外に出口へと向かわせる。仕方なく彼がミーティングルームの外に出たところで、弓木くんはぴしゃりと引き戸を閉めた。

その仕草が荒っぽく見えて私はぽかんと言葉を失う。

「……えっと」

戸惑っていると、弓木くんはなんでもない顔をして今度こそ椅子に座った。

もしかして、忙しいのかな？

早く話を始めたいのだろうと思い、私もすぐに彼の向かいに腰かけた。

彼が持ってきてくれた資料は、分厚いファイル二冊分。勉強会を起こす最初のところからあったので、とても参考になった。

「ありがとうございます……本当に、お借りしていいんですか？」

「そのために持ってきたので。……少し、重量があるが」

「大丈夫です」

手提げの紙袋に二冊入れて預かる。確かに少し重いが、持って帰るのに苦労するほどでもない。

ひとまずはこれを参考に、看護師向けの資料と師長に上げる報告書を作成することになった。その後、また弓木くんに相談して勉強会の内容について話を詰めていく、という順序になりそうだ。

図らずも、仕事上ではあるが弓木くんと今後も関わることになり最初は動揺していたが、今はこの状況に感謝している。

しばらくは、こうして弓木くんと話すチャンスがあるということだ。といっても、職場では内容も限られてしまうけれど。

彼の方も帰り支度を済ませ、椅子から立ち上がった。その時に、お互いに目が合った。

――あ。もしかして今なら？

どうしてか、ずっと無表情で話すことを拒否されていたような空気が、今は少しだけ緩んでいる気がする。

「……あのっ」

「……今井さ……」

お互いに口を開きかけた瞬間だった。

コンコンコン、とやたら性急なノックの音がして私は肩が跳ねた。こちらが返事をする前に、がらりと引き戸が開く。

「お疲れ様ですっ。ひどいですよぉ、今井さん！　発案は私なのに、どうしてのけ者にするんです？」

中川さんが、涙で目を潤ませながらミーティングルームに入ってきてしまった。

「な、中川さん？」

ウソ泣きだ。彼女はこんなことで泣くような性格はしていないが、涙目は本物らしく演技力は素晴らしいと思った。

またややこしいことを言われそうだと内心でうんざりしていると、案の定、彼女は私に向かってではなく弓木くんへと縋《すが》っていく。

「聞いてください、弓木さぁん。勉強会をしましょうって考えたの私なのに、今井さんが……っ」

確かにきっかけは彼女……いや、よく考えたら言い出したのは私じゃなかったっけ？　だけどその後、彼女に進行を任せていたらまったく進めてすらいなかったので、今の状況だというのに。
「中川さん……変なことを言わないで。弓木さんにご迷惑になるでしょう」
頭痛がしてこめかみを指で押さえながら、彼女を止めようとする。すると彼女は
「きゃっ」と小さく悲鳴をあげて、弓木さんの後ろに隠れた。
「こわい……弓木さん、助けてください……」
「なっ……」
あからさまな態度に、絶句する。だけどそれは、私が彼女の性格を知っているから
そう思うだけだ。中川さんは可愛らしい。彼の反応が心配になって、私は弓木くんを
見つめた。
彼は中川さんに背を向け、私を見ている。何を言われるだろうかと一瞬、嫌な予感
に鼓動が大きく跳ねた。
ところが――。
「じゃあ、今井さん」
「は、はい」
「わからないところがあれば、いつでもご連絡ください。会社に電話をいただければ
対応しますし、必要があればお伺いしますので」

「え」

彼は、中川さんのことは一切無視だった。

オールスルーというやつである。

……そうだ、今の弓木くん、女性には超塩対応で知られているんだった。

「あ、ありがとうございます……」

「それでは」

何事もなかったかのようにミーティングルームを出ようとする彼に、焦ったのは中川さんだった。

「ちょ、ちょょっと待ってください！　弓木さん、私の話は本当なんです！」

慌てて弓木くんの腕に縋りつく。思い切り彼の眉間に深いしわが刻まれたが、中川さんは気づく様子はない。

「私、何度か声かけさせてもらいましたよね？　あれ、この勉強会のことをお話ししたくて……なのに、まさか今井さんが自分の成果にしようとしているなんて」

「確かに声はかけられたが」

弓木くんの声は、低くてとても冷ややかなものだった。

「携帯番号を教えろだの食事に行きたいだの、わけのわからないことばかり言うから断らせてもらった。第一、今回の話をこちらの看護師長に先に提案させてもらったのは私だ。今井さんは看護師長から正式に任された」

「な……そんな」

狼狽えた彼女の頬が引きつる。

「職場に遊びに来ているような人間と協力関係が作れるとは思えない。信頼できる相手としか仕事はできない。今井さんなら適任だろう」

固まってしまった彼女は、ぶるぶると小刻みに震え始め、それからきつく私を睨みつける。

だが次の瞬間、彼女はぱっと踵《きびす》を返して走り去ってしまった。

ああ……弓木くんに謝ることもしないで。あの子、ほんとに社会人なの……。

「あの……申し訳ありません」

「いや。今井さんも大変だな。……でも以前みたいに言われっぱなしじゃないのには安心した」

気のせいだろうか。語尾の声音が急に和らいで、ふっと笑うような吐息の音が聞こえた。

「えっ……」

驚いて彼を見上げる。弓木くんも私を見ていて、少しの間見つめ合う。何か話したくて口を開こうとしたけれど、直後に彼が目を逸らしスーツのポケットに手を入れた。彼のスマホが振動していて着信があったようだった。

「失礼、会社から呼び出しのようです」

「あ……はい。今日はありがとうございました」

引き留めるわけにはいかず、慌てて礼をすると彼も会釈を返してくれる。その後すぐ背を向けてミーティングルームを早足で出ていき、私はしばらくその場に立ち尽くしていた。

弓木くんが、再会して初めて口にした過去を認める言葉。喜びがこみ上げて、どうしてか涙が出そうなほどに目頭が熱くなる。両手で口元を押さえて、喜びと涙を噛み締めた。

やっと、私の知る〝弓木くん〟に触れられた気がした。

弓木くんとの関係に少しだけ光が差したように感じた日から、医療センターは大流行した感染症の影響で忙しくなった。落ち着くまでは勉強会の計画も進められない。弓木くんと会う機会もないまま日が過ぎて、六月。

幼馴染の莉子の結婚式で私は一日有給を取っていた。

ネイビーのパーティードレスは、お気に入りだ。デコルテは同じ色のレースが首まであり、露出が少なく清楚な雰囲気が漂う。ミモレ丈の裾にもレースがあしらわれて、脹脛をほっそりと見せてくれる。一粒パールのイヤリングとネックレスにパールのバレッタで統一感を出した。派手すぎず質素すぎず、いい選択だと鏡を見て自画自賛した。

数日前に、莉子から少し早めに来てほしいと言われたので、開場三十分前にレストランを訪れる。すでにフロアはウェディングパーティー用に飾りつけられ、フラワーアレンジやバルーンアートで可愛らしくも華やかに仕上がっていた。

店員に案内されて、花嫁控室に向かう。会うのは約一年ぶりの莉子がウェディングドレスに身を包んでドレッサーの前に座っていた。私を見ると、ぱっと顔を輝かせて立ち上がった。

「莉子！」

「久しぶり、燈子ちゃあん！　来てくれてうれしい！」

「来るに決まってるよ。招待ありがとうございます。結婚おめでとう」

「ふふ、うん。ありがとう。なんか照れくさいねぇ」

手を取り合って久しぶりの再会を喜んだあと、重いドレスを着ていては大変だろうからともう一度座ってもらった。私も壁際にあった丸椅子を引っ張ってきてすぐ近くに座った。

「旦那さんは？」

「もうひとつの控室。幹事してくれてる友人とね、今最終打ち合わせしてるの」

「あとでご挨拶させてね。……莉子、ほんとに綺麗だね。幸せそうでよかった」

「うん……なんかもう、ずっと事実婚みたいなものだったんだけどね。それでいっかと思ってたんだけど、やっぱりね。ちゃんとプロポーズしてくれたら……すごくうれしかったの」

「そりゃそうだよ。大学で知り合ったんだっけ？」

「うん。付き合ったのは社会人になってからなんだけどね、大学の時はこうなるなんて全然思ってなかったなー」

「あはは。そうだったんだ」

普段からおっとりとして可愛らしい彼女は、高田姓から旦那さんの澤野《さわの》姓に変わる。照れながら旦那さんの話をする表情は一層輝いて幸せに満ち溢れて、花が咲いたようだった。

それから十分ほど話をしていると、旦那さんが来て挨拶をさせてもらった。あとは開宴までの準備があるだろうからと控室を出ようとしてふと思い出す。

「そういえば莉子、早めに来てほしいってなんだったの？　手伝うことがあるなら言ってね」

「燈子と話したかっただだけ。いいでしょ？　久しぶりなんだし」

「そうなの？　うん、もちろんうれしいけど……」

受付が足りないとか何か事情があるのかと思ったが、そうではないらしい。

「燈子は受付済ませて席にゆっくり座ってて。もしかしたら、ちょっとびっくりすることがあるかもしれないけど」

その言葉に私はひやりとする。受付ならいいが、パーティー最中に即興で歌うとかそういうのは苦手なのだ。

「え、何？　余興？　サプライズ？　私はできたら目立たないとこで静かにしときたいけど」

「あはは！　そういうとこ燈子らしいよね。大丈夫よ目立つとかじゃないけど、今は内緒。楽しみにしててね」

莉子はいたずらっ子のように笑ってひらひらと手を振る。私は意味がわからないまま、控室を出るしかなかった。

会場に行くと、もうちらほらと招待客が座っていた。受付で渡されたグリーティングカードに書かれた番号を頼りに席を探す。見つけた場所は六人掛けの円テーブルで、新郎新婦の座る席に一番近いところだった。

隣にすでに女性がひとり座っていて互いに挨拶をしたが、全然知らない人だ。隣の席にいる男性はその女性の彼氏で、新郎の高校時代の友人らしい。

ぐるりと他のテーブルに着く人たちに視線を向ける。小学校からの友人もふたり来ると聞いたのだけど、子供の頃の記憶しかないので今会ってもわかるかどうか自信はなかった。

ほとんどの席が埋まって、知り合い同士は雑談を交わして開宴を待っている。その頃になっても私の左隣は空席だった。

カトラリーはセッティングされているので、急な欠席かと思ったが開演五分前になってその人はやってきた。

私は呆気にとられて、椅子に座ったまま左隣に立つ男性を見上げる。

「……弓木、さん?」

なんで？　なんで彼がここに？

さっぱりわからない。

頭の中がハテナマークでいっぱいの私と同じく驚いたのか、彼も目を見開いていた。だけど案外すぐに表情を整え席につく。

「お疲れ様です、今井さん」

「あ……お疲れ様です」

呆然としつつも、軽く頭を下げて返事をする。彼はすぐに反対隣に座る男性へと顔を向け「久しぶり」と挨拶を交わしていた。会話の内容を聞くに、このテーブルはどうやら新郎の高校時代の友人が集められているらしい。

なんでそのテーブルに私が？　というか、莉子の旦那さんの高校の同級生が弓木くん？　全然聞いてないけど？

ていうか弓木くんいつも突然現れるのなんで？　神出鬼没すぎない？

ひとしきり頭の中で疑問を並べ立てたあと、はっと気がついた。莉子が言っていたのは、おそらくこの弓木くんのことではないかと。

莉子⁉　なんで⁉　わざわざサプライズなの⁉

会場に音楽が流れ出して、割れんばかりの拍手の中を新郎新婦が入場してくる。混乱していた私は周囲から一拍遅れて拍手でふたりを迎える。

「莉子ってば……もう……」

幸せそうな莉子の姿を見ていると、私の疑問は後回しにして今はふたりを祝うしかないと気持ちを切り替えた。

披露宴は、あつらえられた壇上で神様ではなく私たちゲストの前で愛を誓う人前式から始まる。

向かい合って誓いの言葉を告げるふたりの姿は厳かで、友人ばかりの気楽な披露宴であっても茶化して雰囲気を邪魔する人もいなかった。

――莉子、本当に幸せそう。

莉子だけでなく、旦那さんになる新郎もとてもうれしそうで、莉子を見つめる目は慈しむように優しく温かい。

その後オルガンの音楽が流れる中で指輪を交換している姿に、私は披露宴が始まって早々に泣いてしまった。

「大丈夫ですか？」

顔を手で隠しながら嗚咽《おえつ》を堪えるくらいに泣く私に、右隣の女性が心配そうに声をかけてくれたほどだ。

「大丈夫です、なんか、幸せそうと思ったら止まらなくなってしまって」

すみませんほんとに、と笑いながら涙はまだぽろぽろ出てくる。友達の結婚式でこんなに泣くやついるかな、と自分でもちょっと引くぐらいの泣きっぷりだった。

「今井さん」

左隣からハンカチが差し出される。もちろんそれは弓木くんで、私は彼を見上げた。泣いたせいで力が抜けていたんだろうか、彼に対して自然と笑えている自分がいた。あれだけうだうだ悩んで、昔のように話したくてきっかけを探していたくせに、そんなこと全部無意味なくらいに呆気なく笑顔を向けられた。

「ありがとう、弓木くん」

ハンカチを受け取りかけて、そういえば自分も持っていたことを思い出して遠慮する。

「大丈夫、持ってるから」

「そうか？」

「うん。幸せそうでいい結婚式だね」

クラッチバッグからハンカチを取り出して、目元を押さえる。ハンカチにアイカラーやマスカラの色が移ってしまって、弓木くんに借りなくて正解だった。

楽しんでもらえるようなパーティーにしたくて、と莉子が言っていた通り、ゲストのことを考えた本当に楽しい披露宴だった。

友人ばかりの気楽な場ということもあり、有志による余興も楽しく会場に笑い声が溢れる。

弓木くんはお酒は飲んでいなかったけれど、周囲の友人にあれやこれやと絡まれて楽しそうだった。大人になった彼のそんな姿は珍しくて、ついちらちらと見てしまう。

そしてここでも彼は、女性陣の視線を浴びていた。新婦側の友人で、私は顔を知らないので、大学の友人か勤務先の同僚だろうか。中には余興と余興の合間に交流目的で席を立ち、直接彼に声をかけにくる人もいた。

彼は、ここでも塩対応だったが。女性が近づいてきたと思った途端、表情がすんっと無になる。連絡先を聞かれても「友人にしか教えていない」とはっきりと言う。

そんな彼を、同じテーブルの友人たちはよくわかっているようで。

「あー、こいつそういうのダメなんだよー！」

「そうそう。誰に対してもこんなんだから気にしないでねー」

そうフォローしてついでに乾杯してから、やんわりと追い返していた。

「相変わらずの顔面力だな」

「うるさいな、苦手なんだよああいうのは」

からかわれてそんな言葉で言い返していたが、眉尻を下げて少し困ったような表情だった。ちなみに、同テーブルにいる女性は私以外にひとりだけだったが、弓木くんのこの塩対応は知っていたらしい。そのせいか弓木くんと同じ高校なんだろうと思うのだが、彼女が弓木くんに話しかけることはまったくなかった。

そんな賑《にぎ》やかな雰囲気で披露宴は進んだ。

途中、ケーキ入刀やキャンドルサービスもあって結婚式の感動も伝わってくる。

キャンドルサービスは会場の照明を落として、キャンドルの火だけで行われた。各テーブルの中央に設置されている花で飾られたキャンドルに新郎新婦が灯りを灯していく。

しっとりとした音楽の中、ひとつひとつ灯りをつけてはゲストに向けて丁寧にお辞儀をしていくふたり。私たちのテーブルまで来て、中央のキャンドルに火を灯す。

「わ……綺麗」

キャンドルの火が近くにある飲み物のグラスに光が反射して、きらきらとロマンティックな空間が広がった。

新郎が友人にからかわれて、照れくさそうに笑っている。隣の莉子は私を見て微笑んだ後、私の隣に視線を移す。

つられて私も隣を見て、弓木くんと目が合った。

「あ……」

キャンドルの灯りがそう見せるのだろうか。彼の目が、ひどく熱っぽく感じる。昔にだって、こんな目は見たことがない気がした。

昔は、ただただ優しくて穏やかだった。大人になった今、彼の目に宿る熱の意味は、なんだろう。

考えるとても見つめていられなくて、私は慌てて目を逸らす。離れていった新郎新婦に目を向けながら、弓木くんの視線を意識せずにはいられなかった。


パーティーが終わって、紙袋に入った引出物を手に端のテーブルから順に出口へと向かう。

その時になって、また弓木くんを意識してしまった私はつい視線が彼の方へ向いてしまう。席が近いから、自然と隣に立って順番を待つことになっていた。

――今なら、仕事に関係なく彼と話すことができるだろうか。

ふとそんなことを考えてしまったが、今日はきっと彼は友人と約束があるだろうと諦めた。

店の出口が見えてくると、淡いオレンジのカクテルドレスを来た莉子が旦那さんと並んでひとりひとりゲストに声をかけている。

私たちの番が近づいて、莉子が並んでいる私たちを見るとほんのりと温かい笑顔を浮かべた。

「莉子……」

なんで教えてくれなかったの、という意味を込めて名前を呼ぶと、彼女は眉尻を下げて困ったような表情になる。

「ごめん。でもいいサプライズだったでしょ？」

「そうだけど。ほんとにびっくりしたよ」

顔を寄せて、こそこそと小声で会話する。どういうことか詳しく聞きたかったけれど、長く時間をとるわけにもいかないので、名残惜しむように莉子から離れた。

「素敵なパーティーだった。招待してくれてありがとう」

「こちらこそ。来てくれてありがとう。またね、新婚旅行から戻ったらお土産渡したいから会おうね！」

その時に改めて話そう、ということだろう。私は頷いて莉子に手を振った。

夕方からのパーティーだったので、店の外はもうすっかり暗くなっていた。石畳の広場が広がっていて、オレンジ色の街灯の下をパーティー参加者が駅の方角へと歩いていく。てっきり友人たちと二次会にでも行くのだろうと思っていた弓木くんは、どういうわけかまだ私の隣にいた。私と弓木くんも駅の方角を目指していて、駅に近づくにつれて、カフェや居酒屋などの飲食店が見えてくる。

「今井さん」

「えっ？」

「時間ある？　少し話せないか」

自分が彼を引き留める方法ばかり考えていた私は、弓木くんの方から話しかけてくれて驚いていた。一瞬返事が遅れた私に、彼は重ねて言い募る。

「今が無理なら他の日でもいいから、時間が欲しい」

強い視線を向けられて、こくんと小さく頷く。

「私も、話したいと思ってた、ずっと」

ほっとしたように彼の表情が綻《ほころ》んだ。

どこか店に入ろうということになって、カフェか居酒屋で悩んだ結果、個室のある居酒屋になった。もうお腹はいっぱいなのだが、これには理由がある。

「……絶対、周囲にはあんまり聞かれたくない内容になるよね」

「それは、違いないな」

私の呟きに弓木くんが苦笑いで同意して、カフェは却下になった。

駅間近で見つかった居酒屋は、小さなスペースにテーブルがひとつあって入り口を
ロールスクリーンで遮る形の半個室だった。まったくの個室よりは、そのくらいの方
がいい。

料理はおつまみ程度にして、居酒屋なのにお酒は頼まず私はグレープフルーツ
ジュースで、彼はウーロン茶だった。

「弓木さん、お酒飲めないって本当なんだ」

歓迎会の時に聞いたことを思い出してそう言うと、彼は首を振った。

「いや、飲めるよ。男同士の時ならいいけど、ああいう場じゃ飲めない体にしといた
方が面倒がなくていいから。今日は飲むよりちゃんと話したいからだけど」

「弓木さんも大変だね。うちでも大人気だし」

そう言うと、彼はちょっと眉をひそめた。

「……それ。なんで弓木『さん』？」

「え？　だって、もう『くん』っていうのもちょっと……」

心の中では、今でも『弓木くん』だが。さすがにもう、彼は高校生じゃなく大人の男性で、改めて話すとなるとどうしても『さん』付けの方が不自然じゃないような気がする。

「さっきは前みたいに呼んだのに」

「パーティーの最中のこと？　あの時はついぽろって出ただけで」

「その方が言い慣れてるってことだろ」

じっと真顔で見つめられて、これは以前のように今呼べと催促されているのだと感じた。別に嫌ではないけれど、催促されるとそれはそれで何か、照れくさい。

「えと、じゃあ……弓木くん」

「ああ」

不思議なことに、会話をしていると徐々に高校生の頃のような空気に戻りつつあった。あんなにぎくしゃくしていたのが嘘のように、少しずつ私も力が抜けて、弓木くんも時々口元に笑みが浮かんだ。

頼んだものが全部揃ってもう店員の出入りはないだろう状況が整うと、私は改めて背筋を正した。まずは、こうして話せるようになったのだから言うべきことを言わなければいけない。

「弓木くん。ずっと謝りたかった。あの時のこと、本当にごめんなさい」

膝に両手を置いて、深く頭を下げる。すると、すぐに正面から手が伸びてきて私の肩を掴んで起き上がらせた。

「やめろって、謝ってほしくて話がしたかったわけじゃない。それに、お互いの親がやらかしたってだけで俺らは何も悪くないだろう」

「……でも。あれきりになっちゃって、会いに行くのがすごく遅くなったから、もうその時には弓木くん引っ越してしまっていて」

あの時の感情を思い出して、唇を噛み締める。弓木くんは、驚いたように目を見張った。

「あのあと来たんだ」

「一年くらい経っちゃってたけど。マンションに居づらくなって出ていくしかなかったって、同じ階に住んでたおばちゃんがこっそり教えてくれた。私たち親子のせいだって聞いて……どこでどうしてるのかって……」

弓木くんのお父さんは、ご近所さんでは人当たりと見た目のよさでわりと評判だった。だからこそ、不倫となると一気に噂が広がって反動も大きかったのだろう。

「違う。うちの親父も関わったんだし、事実がどうであれ今井さんが謝る必要なんて欠片《かけら》もない」

強い口調ではっきりと言い、それから少し声を和らげる。

「ただ、心配してたんだ。今井さんのご両親、かなり感情的になってたから……今井さんが心配だった」

そこまで話して、ふたりともしばらく言葉を失った。私たちはお互いに、相手のことを心配してずっと十数年、引きずってきたのだ。だからこそ、こうしてまた会えたのがただの偶然でも運命のように感じられた。

「謝罪とか何が悪いかとかは、もういい。俺らには関係ない。あれから、どうしてた？　あのあとのこととか、今の今井さんのことが聞きたい、俺は」

それからは、お互いにここに至るまでの話をした。

私は莉子と再会した時のことや、親が結局離婚したこと。看護大学に進んでからは両親とは疎遠になって、今では母親からたまに連絡がある程度だということ。

弓木くんの方も同じようなものだった。

「親父は何もなかったって言ったけど、そんなの俺らにはわからないだろ。もともと、親父は昔っからモテてたらしいし……それも本当かは知らないけど。大学進学したと同時に家を出て、あとは今井さんと同じ。たまに連絡とる程度」

さんざん振り回された、という感覚は私と弓木くん共通の感情のようだ。

「別に、もう子供じゃないし恨むとかそういうのはないんだけどな」

「わかる、それ。かといって積極的に親子交流したくはなくて……育ててもらったというのもその通りなんだけど」

「ずっと目を逸らすわけじゃないけど、もう自分のことは自分で決めたい。そう思って、早く自立したくてしょうがなかった。絶対稼げる仕事に就こうと思って」

「私もそう。ひとりで生きられるようにならなきゃってなると医療関係が一番だったの。人手不足で職に困ることはなさそうだなって。あんまり、立派な志みたいなのはなくて患者さんには申し訳ないんだけど」

「そんなものだろ。普通だよ」

社会人になってからのことはお互いに恋愛の話にはなぜか触れなかった。その代わり、再会してからの話になると聞きたいことがあれこれ出てくる。

「そういえば今の会社にはどうして？　途中入社だよね？」

「前の会社はMR同士で足の引っ張り合いが多かったんだ。キャリアアップも狙って転職活動して、今の会社」

さらっと言うけど、ＭＲの採用なんてかなり難しいのじゃないだろうか。

「再会した時はびっくりしたけど、弓木くんすぐ目を逸らしたでしょ。やっぱり嫌われてるのかと思ったんだけど」

「いや。あれは、だって驚くだろ。そしたら今井さん初めてみたいな挨拶するし」

「なんだこれもお互い様なの？」

雪ちゃんと話していた通りだった。答え合わせをしたら拍子抜けするくらいで、おかしくなって笑っていると弓木くんも笑った。こういう表情を見ると、職場で見る彼が嘘みたいだ。

「こうして話せてよかった、弓木くん変わってない」

今の彼は大人の男性だけれど、見せてくれている穏やかな優しい表情は昔のままだ。

「今井さんも変わってないよ。……ああ、でも、そうでもないかな」

「え、私変わった？」

「変わったところと、昔のままのところと。ほら、前に研修医と揉めてた時。高校生の頃は揉め事になるとおどおどして俺が助けなきゃって思ってたのに、大人になった今井さんは毅然としててかっこいいと思った」

「あ……あれ？　そうかな」

そんな風に言われるとは思わなくて、うれしくて頬が熱くなる。

「じゃあ、変わってないところは？」

「今日見た。友達の幸せを喜んで大泣きしてた。そういうところは変わらないな」

「えっ？　昔もそんな泣いたことあった？」

「泣いたっていうより、友達のことで真剣に一喜一憂してただろ。あの頃も、俺の話とか真剣に聞いてくれていた。そういうところが好きだった」

懐かしむような顔をして、最後の方は無意識に呟いてしまったらしい。

「え」

「あ」

弓木くんが、ぱっと自分の口を大きな手で覆う。私はぱちぱちと瞬きを繰り返し、それからじわじわと頬を熱くした。

「えっと……ありがとう。褒めすぎだけど」

「んん、まあ、そういう気持ちだったたってことだよ」

え、それは、結局どういう？

過去の気持ち限定なのか、今はどうなのか、そもそも恋愛的な好きなのか？

ロールカーテンの隙間から、店内のざわめきが伝わってくる。そんな中、三十歳がすぐそこのいい大人の男女がふたり、真っ赤な顔で何杯目かのソフトドリンクを飲み干した。

休日ということで九十分の制限付きだったため、微妙な雰囲気の途中で時間となり私たちは店を出た。駅までの道を、ゆっくりとしたペースで歩くが、それでももう駅は見えているのですぐに着いてしまいそうだ。

「そういえば、今井さんはどの辺りに住んでる……あ、聞いてもよかった？」

「いいよ、なんでそんなこと聞くの？　東央総合医療センターから三駅行ったとこ。三篠《みささ》駅のすぐそこ。弓木くんは？」

「会社の真ん前。駅でいえば堂堀《どうほり》が一番近い。会社と家の往復ばっかりだし便利なのが一番でさ」

「仕事忙しいとそうなるよね。私も通勤重視で選んだの。休みは寝てるかたまに友達が泊まりに来るくらいだし」

私がそう言うと、少しの間沈黙があった。

「……彼氏は？　付き合っている男はいる？」

「えっ？」

彼の声が先ほどまでよりも低く聞こえて、私は隣を歩く弓木くんを見上げる。私を見る彼の目も、なぜか緊張しているように感じた。

「……いない、けど」

「……そうか」

答えはひと言だったけど、ふっと目元が和らぐ。その表情の変化に、思わず私の胸は高鳴った。

「う、うん」

なんでそんなことを聞くの？

そう聞けばいいのに聞けなくて、私は小さな声で再度頷く。

そんな意味深に感じる彼との会話で、周囲への注意力が散漫になっていたらしい。

弓木くんが、何かに気づいた様子で私に手を伸ばしてくる。直後、どんと背中に人がぶつかった。バランスを崩して前へ倒れ込みそうになった瞬間、私は弓木くんの腕に抱き留められていた。

「ご、ごめん」

「大丈夫か？」

「うん、びっくりしただけ。ありがとう」

スーツの上からでも伝わる固い体の感触に、男らしい逞しさを感じた。すぐ目の前に弓木くんのつけているネクタイがあって、私の背中は彼の大きな手に支えられている。近すぎる距離に慌てて距離を取ろうとしても、弓木くんの手は私を離さなかった。

時折行き交う人を避けて私の体を支えながら彼は道の端へ寄り、改めて私の背に両手を回す。抱きしめるような強さではないけれど、彼の腕に囲われているみたいだった。

「弓木くん」

「離したくない」

見上げると、弓木くんの目が私をまっすぐ見下ろしている。眉間に少し力が入って、彼の真剣さが伝わってくるようだった。

「今日、今井さんが来ることを俺は知ってた。今度こそ伝えるつもりで、ここに来たんだ」

弓木薫

幼い頃から父とふたりきりの生活だった。

『母さんは、病気で死んじゃったんだ。だからお父さんとふたりで頑張ろうな』

小さかったから覚えていないと思ったのか、ごまかせると思ったのか。本当は死んだのではなく、出ていったのだということは知っている。玄関先で争う声と背中を薄っすらと覚えていた。ただ、それが離婚した時だったんだなと思い至ったのは、小学校高学年くらいだろうか。

ある程度ものがわかるようになってきた頃で、大人も必要なら嘘をつくということを理解してからだ。

それでも、父のことは慕っていたし、俺を育てるために仕事と家事を両立させようと頑張っていたことを知っている。感謝もしていた。料理だけはちっとも上手くならなかったので、途中から俺が覚えたけれど。

父は若い頃からモテたらしい。たまに家へ遊びに来る父の友人から、よく武勇伝のようなものを聞かされた。顔立ちはもちろん穏やかな気質と優しい口調で、何もせずとも女性が寄ってくるそうだ。

『だからこいつ友達が少ないんだよ。好きな女がすぐに取られちまうからさ』

そんなことまで聞かされた時には、もう中学生だったから話半分で聞き流せたけど、多感な年齢の子供に何を聞かせるんだとあとから考えればそう思う。

そんな父だったけれど、穏やかな性格なのは本当で、俺にとったらいい父親で、母親がいなくてもそれほど悩んだり寂しく感じたりすることはなかった。

父の都合で引っ越すことになり、そのマンションの隣の部屋に住んでいるのが今井さんだった。同じ中学校に通うことになったので、転校初日から何かと気にかけてくれた。

可愛い子だなと思った。彼女はいつもにこにこと笑顔でいることで、周囲を和やかにしていた。シングルファザーの我が家と反対に彼女の家は母親がひとりだけ。といっても父親とは別居中で、離婚家庭ではないらしい。今井さんがいつも笑っているように、母親も外で会う時は優しそうな笑顔を湛《たた》えている。

それだけに、時折隣から聞こえてくる金切り声や物が壊れる音には、子供ながらに何か追及してはいけない闇のようなものを感じていた。

誰かが児童相談所に通報したこともあるそうだが、実際には今井さんが怪我をするようなこともなく、単なる親子喧嘩として片づけられてしまったらしい。同じ階の住人と父が話していたのを聞いた。

彼女が笑えば笑うほど、守らなければと――俺はどこかで驕《おご》っていたのかもしれない。

だからあの日、彼女が目の前から消えた日。

守りたいだなんて思っていながら、自分がまだなんの力もない子供だということを思い知らされた。


家に帰ると、頬を腫らして蒼褪《あおざ》めた顔の父がいて、廊下には父と今井さんの母親の写真が散らばっていた。この写真が他の住人の目にも触れて、三か月もしないうちにここから引っ越すことになるのだが――それまでが、大変だった。

『何もしてない！　本当にそんな関係じゃないんだ……！』

子供に誤解されたくないとさすがの父も必死で弁解したが、俺もいつも通りに接することなどできなかった。無反応の俺を見て、父は憔悴していた。

『知らねえよ。誤解されるような接し方してたのは確かじゃねえか……！』

人は誰だって嘘をつく。いつも自分に都合のいいように、大人は真実を少し捻《ね》じ曲げる。決定的なことはしていなくても、後ろめたくなるような態度をとっていたんじゃないのか。

子供の頃は大好きだった父の穏やかな笑みが、この日から胡散くさく見えて仕方がなくなった。

——明日！　じ、時間、ある？　会えないかなと思って。

顔を真っ赤にして、いつもよりちょっと目を吊り上げた緊張した顔が可愛いと思った。

——そう？　……うん、じゃあ、待ってる。

練習試合なんてサボればよかったんだ。そうしたら少なくとも、彼女の気持ちを聞くことができた。

はっきりと認識したわけではなかったけれど、彼女の想いが透けて見えた時、翌日が楽しみで夜も眠れないほどだった。

会えなくなって、はっきりと自覚した。

守りたかったのは、ずっとそばにいたかったからなんだ。

最後に見たのがあんな泣きだしそうな顔で、それがずっと脳裏に焼きついている。

大学は学生オンリーのシェアハウスに入って、学費と生活費を稼ぐためにバイトに明け暮れた。その頃には、俺は無愛想で女に冷たい面白みのない男というレッテルが貼られていた。父にそっくりになってきた自分の顔も、女性に好意的な目を向けられることも受け入れがたかったからだ。

無責任に人に深入りするような人間になりたくなかった。彼女にはもう会えないだろうなと諦めていても、いつまでもずっと俺は引きずっていたということだ。

新卒で最初の製薬会社に就職しマーケティングの仕事をしていた時は地方の支社に出向していた。入社して五年ほどでMRになり、七年経ってキャリアアップを狙って転職活動をして、帝生製薬に転職がかなった。

まさかそのおかげで東京勤務になり、彼女と再会できるとは想像もしていなかった。その後、俺はいくつかの偶然に助けられることになる。

最初の偶然は、東央総合医療センターでの再会だ。すぐに彼女だとわかった。記憶の中の今井さんは、すっかり大人の女性になっていた。気が動転して定着している無表情のまま彼女の前に来ると、明らかに彼女も俺が誰だかわかっているのに初対面としての挨拶をした。昔のことを思い出したくないほど嫌われているのだろう。

俺の父親のせいで、彼女は転校まですることになったのだ。あのあとの家庭環境はどうだったのだろうか。考えれば考えるほど、恨まれていてもおかしくないと思った。

俺はもう、彼女に関わらない方がいいのだ。大人の女性になって、看護師として立派に働いている。その姿が見られただけで十分じゃないか。

そう自分に言い聞かせても、彼女の顔を見ればつい気になってしまう。気づかれないように、目で追いかけては逸らし、これでは自分の父親以上に気持ちの悪い存在になった気がする。

あんなにも争い事を怖がっていた彼女が、懸命に研修医に意見しているところはほれぼれするほどかっこよかった。

医師が看護師を軽視するのは、どこの病院でもままあることだ。特に、医師の見落としや間違いを看護師が気づいて指摘しても、よく思われない。医薬品の情報提供に関しても、蚊帳の外に置かれる。

近頃は、そんな考え方が見直されて看護師にも勉強する機会をという声が増えていた。

──力になれないだろうか。俺にできる形で。

方法はすぐに頭に浮かんだ。看護師向けの勉強会の提案をすることだ。

ちょうど内科部長の笹井先生に呼ばれていたので、その日のうちに話しておいたが、その後連行された歓迎会で知りたくもないことを知ることになる。いつもなら理由をつけて逃げ出すところ、彼女に会えると思い、のこのことついていってしまったことを後悔した。

時任研修医が彼女の隣に座ってから、やたらと距離が近かった。近すぎた。まさか、と思って見ていると、隣にいた看護師が小声で耳打ちをしてくる。

「あのふたり、付き合ってるって噂なんです。仲良いですよね」

聞いた途端に、胸の奥を強く締めつけられるような痛みを感じた。

なぜ今まで考えなかったのか。あんなに魅力的な女性になった彼女に、恋人がいないわけがない。

隣の看護師がどれだけスルーしてもやたらとうるさく話しかけてくるのにも辟易して、我慢できず乱暴に立ち上がる。椅子ががたんと大きな音を立て、彼女の目が驚いたようにこちらを見る。

目が合っただけでうれしいと思うのに、彼女の隣には恋人らしい研修医がいる。苦しくてしょうがなかった。

それでも、彼女の力になりたいという気持ちに変わりはない。その俺の未練がましい気持ちが、ふたつめの偶然を引き寄せたのだろうか。

今井さんの直属の上司である五階の看護師長に呼ばれて赴けば、そこに彼女が来た。

俺と同じように、彼女も大きく目を見開いていた。

ミーティングルームにふたり残されると、彼女が狼狽えているのがありありとわかった。俺と仕事をするのは気まずいだろうか。そう思うと、息苦しくなる。

だけど、それでも――。

看護師にとって、知識が自信に繋がればきっと仕事にも心にも余裕ができるから、と懸命にこの企画の必要性を話してくれた。その言葉に応えながら、凛とした彼女の声を聞けることに、少し満ち足りた気持ちになる。

どこにいるのかもわからないままだった彼女の近くにいられるだけでもいいじゃないかと、膝の上で静かに拳を握りしめた。


最後の偶然が起こったのは同じ高校の友人、澤野に会った時だ。六月に結婚することになり、披露宴にも呼ばれている。結婚後はしばらく忙しくなるからと、久しぶりに飲もうということになった。

「お前、その顔で相変わらず彼女ナシか」

「うるさいな。ほっといてくれ」

ずけずけとものを言うが、反面こちらが少々きついことを言っても気にしない性格なので、気兼ねなく話せる数少ない友人だ。酒の席ではいつもテンションが高い男だが、結婚式まであと少しと随分と浮かれているのか彼女の画像を見せてくれた。

「……彼女、なんて名前なんだ？」

最初はわからなかったが、どこかで見た覚えがある。名前を聞いてすぐに、今井さんの幼馴染だと気がついた。


澤野の結婚相手が今井さんの幼馴染だとわかった日、今井さんも披露宴に呼ばれているのか尋ねた。どうしてそんなことを聞くのかと訝しがられ、高校生の時に好きだった相手なのだと白状させられた。そうでなければ、教えてもらえそうになかったのだから仕方がない。

それでも、今日の披露宴で隣の席に彼女が座っていたのにはまた驚かされた。新郎新婦が気を利かせたに間違いなかったが、心の底から感謝した。

研修医と付き合っているのなら、彼女には近づくべきじゃない。そう思って今までは自分を戒めていたが、勉強会の件で病院を訪ねた時のふたりの様子や会話からそれは誤解ではないかと察せられた。

だがそれを、どうしても確かめたかった。

「……彼氏は？　付き合っている男はいる？」

気が急いて詰問口調になってしまったことに後悔する。それでももう、他人の思惑や誤った情報ですれ違いたくはなかった。

「……いない、けど」

戸惑いがちの返事に安心して、知らず体の力が緩む。同時に胸が熱くなるほどの喜びと、誰にも渡したくないという独占欲が湧いてくる。

仕事や今日の披露宴で、彼女といくらか接する機会を持ち、ますます惹かれていく自分をもう、止められなかった。

駅までの道で、すれ違いざま人に押された彼女を慌てて抱き留める。俺よりずっと小さな彼女は頭が俺の肩くらいの高さだった。俯くとふんわりと髪からベリー系のシャンプーの香りが鼻先をかすめる。

「ご、ごめん」

「大丈夫か？」

「うん、びっくりしただけ。ありがとう」

体の軽さと優しい柔らかさに二度と離したくないと思った。驚いて俺を見上げた彼女の表情は困ったように眉尻が下がっていて、それも可愛い。いつかのように、頬と耳がほんのりと赤く色づいている。

「弓木くん？」

何度も何度も想像した。あの日、何事もなく約束の日を迎えられていたら、彼女はどんなふうに俺にチョコレートを渡してくれたんだろう。受け取ったら、せめて気持ちくらいは俺の方から言いたい。高校生の俺なりに、いくつもセリフを考えて、頭の中で何度も、何度も、何度も想像していた。

かなえられないと理解したあとも、ずっと。

想像の中の彼女の姿はいつまでも高校生のままで、それが今やっと現実の姿と重なる。

「好きだった。あの日伝えるつもりだったのに、できなくなって後悔した。ずっとそばにいたかったのに」

駅までの道の片隅で、弓木くんの腕の中にいるこの現状がまるで夢の中のように感じられて足元がふわついた。弓木くんの顔が泣きそうに見えるのは気のせいだろうか。

「好きだった。あの日伝えるつもりだったのに、できなくなって後悔した。ずっとそばにいたかったのに」

言い終えたあと、私の肩を掴む手にぎゅっと力が込められる。痛くはないけど、動けない。

「弓木くん」

「試合なんてサボればよかった」

そのひと言に、思わず笑いがこみ上げた。まるで高校生の頃に戻ったような空気感が漂って、実現できなかったあの日の約束をやり直している気持ちになった。

「朝に会えたらチョコ渡せたのに」

「ごめん」

「弓木くんは悪くないでしょ。前の日でもよかったかも。別にバレンタインじゃなくてももっと早く」

それでもきっと、あの時の私たちの境遇に何も変わりはないのだけれど。ただこの時に思い浮かぶのは、会えなくなった寂しさを伴う〝伝えたかった〟という未消化の望みだった。

「私も、ずっと好きだった。……中学生の時からだよ」

その言葉に、弓木くんが目を見開く。それから、ゆっくりとはにかむような笑みに変わった。

くすぐったい空気から目を覚まさせるように、すぐ間近を人が通ってふたり揃って目を見合わせる。もう少し端に寄ろうと足をずらした時、かかとにぴりっと痛みが走った。

「どうかした？　足が痛い？」

「あ、ごめん。ちょっとかかとが痛くて。あんまりヒール履かないから」

そう言うと、彼は顔を上げて周囲を見渡す。

「タクシーに乗ろう。方向同じだし、送っていく」

「え、いいよ、そんなの悪いし」

「その足で歩くのはきついだろう。タクシー乗り場がすぐそこだから、歩ける？」

駅前のロータリーにタクシーが停まっているのがここからでも見える。弓木くんは私の手を取って支えながら、そこまで歩いてくれた。さっきは一瞬かかとと靴が擦れて痛かっただけで、注意しながら歩けばそこまで痛くない。だけど、気遣ってくれるのがうれしいのと、何より『どうかした？』という彼の言葉がなんだか懐かしく、そのまま手を借りて歩いた。

――なんかあった？

――どうかした？

昔もよくそうやって聞いてくれた。

タクシーに乗り込むと、弓木くんに促されて先に私の家の住所を伝えた。走り出してすぐ、隣で彼が深くため息をついている。見ると両手で顔を覆っていた。

「……俺、なんであんな場所で言ったんだ」

「あはは……通行人、結構いたね」

我に返ってから気がついたけど、お互いにすっかり公開告白みたいになっていた。わざわざそばで立ち止まっている人はいなかったから、聞かれてはいなかったと思うけれど、恥ずかしいものは恥ずかしい。だけど、彼が気になったのはそこだけでもなかったようだ。

「もうちょっと場所を選ぶべきだった……悪かった」

「ぶふっ」

その呟きに思わず吹き出してしまった私は、お腹を抱えてそれ以上の笑いを堪える。

「気になるんだ。堂々として見えたから、意外」

「普通気にするだろう。勢いづいて止まらなかった……」

「そんなことないよ」

かっこよかった。だからこそ私だって、往来なのに我に返るまで弓木くんのことしか見えていなかった。

はっきりとそう伝えたくても、運転手さんもいる空間では言葉にしづらい。

「すごく、うれしかったし」

そう言うのが精一杯だ。すると弓木くんが顔を上げて、私たちはしばらく見つめ合った。

沈黙は沈黙で照れくさいと気がついた頃、弓木くんとの間にある私の手がふわりと優しく包まれた。

視線を落とすと弓木くんの大きな手に私の手はすっぽりと隠れてしまっている。

手はそのままに頬を染めて目を逸らし、前を向いた。弓木くんの手の中で、自分の手をゆっくりと裏返し握り返すと彼の手の力も強くなった。

夢みたいだ。こんな日が来るなんて、もうとっくにありえないと思っていて。文字通り、私は夢心地だった。

タクシーの中では、それから本当に他愛のない話だけしていた。電車だったらこんなに話せないだろうから、タクシーにしてよかったと思う。

明日はお互い朝から仕事だとか、今は転職したばかりで取引先との信頼関係を作るのが主だから毎日外出ばかりしているとか。

その流れで、看護師向けの勉強会のことを切り出す。

「最近はどこの病院でも希望は出てる。実際に開かれている病院も増えてきた。ある程度定着してくるとリモート講習に切り替えているところもある。その方が人数が増えても場所の問題がないから」

「そうなんだ……色々ありがとう。正直、わからないことも多くて……すごく助かる」

「仕事だから気にしなくていい。……今井さんの力になれるならよかった」

そんな風に言われたら、うれしいけどまた何も言葉が出なくなってしまった。

タクシーが私のマンションの前に着いて、ずっと繋いでいた手を離す。離れがたい気持ちは強かったけれど、お互いに明日も仕事で朝が早いと車内で話していた。何より気持ちを伝え合ったばかりなのに、いきなり一緒に降りてほしいなんて言えなかった。こんな時間に家の前でそんなことを言うのは、まるで誘っているみたいで。

「じゃあ」

「うん、また」

タクシーのドアが閉まる直前に短く言葉を交わし、彼の家の方角へ走り去るタクシーを見送った。

部屋に帰ってからもしばらくメイクも落とさずにぼうっとして、気もそぞろで何も手につかなかった。

気持ちを確かめ合った。お互いに、過去に気持ちを伝えられなかったことを後悔していたと知れて、伝えることができたのだ。これからは、職場で会ってもあんなに冷たい表情を見せることはないだろうか。いや、でも職場だし彼にとっては取引先なのだから、親しげに話したりはできないかもしれない。

でも、もういつでも会えるのだから、これからは——。

「あ」

そこまで考えて、肝心なことに気がついた。

「……弓木くんの連絡先、聞いてない！」

また会えなくなる、なんてことはもうない。勤め先だってお互いにわかっているし、今日は私の家の場所を彼に教えることにもなったし、もう以前のような大人の庇護下にいるしかない子供ではないのだ。

今すぐ連絡先を聞くことができる相手もいる。莉子に尋ねれば、ご主人から教えてもらうことはできるだろう。だけど、今日は彼女たちの結婚披露宴だったのだ。生涯の記念となる日の夜に、邪魔をするわけにはいかない。

「もー。何やってんの、私。バカ」

浮かれすぎだ。

きっと弓木くんも、今頃気づいているだろうか。


翌日は朝から寝不足気味だった。

気持ちが高揚して、眠っても何度も目が覚めてしまい結局寝るのを諦めた。三時頃からパソコンを起動して、仕事をすることにしたのだ。大流行していた感染症もおさまったことだし、そろそろ勉強会の草案を仕上げて師長に報告しておくべきだった。

作成しているうちに外はすっかり明るくなって、カフェイン入りの栄養ドリンクを飲んでから出勤した。

　仕事の間はきちんと仕事のことを考えなければ……それは当たり前のことだけれど、人間そんなに器用にもできていない。集中できず、何度も頬を自分で引っ叩《ぱた》いて目を覚ますのを繰り返していた。患者さんと接する時はさすがに気を散らすことはなかったけれど、雑務の手がついつい止まり、私ひとり昼休憩に出るのが遅れた。

　だけどそのおかげで一番報告したいと思っていた人に、食堂で会うことができた。

「雪ちゃん、お疲れ」

「あ、お疲れー。燈子ひとり？」

　雪ちゃんも今日は珍しくひとりで、私はさっと隣に座る。偶然、ふたりともオムライスプレートだった。サラダとミニカップのコンソメスープもついている。

「そう。ちょっと色々、手間取っちゃって。雪ちゃんも？」

「私、今日昼から早退なのよ。仕事全部終わらせてお昼だけ食べて帰ろうと思って」

「あ、そうか。じゃあ急いでるね」

　弓木くんとのことを話したいと思ったけれど、急ぐなら申し訳ない。

「なんか話あった？」

「うん、でも今度ゆっくり」

「え、何よ。気になるよ？　ご飯の間くらい話聞けるよ。……弓木さんのことじゃないの？」

周囲を気遣い、名前のところだけ少し声をひそめてくれた。彼女の言葉に、簡単に結果だけでもと口を開く。

「……そう。あのね、昨日ちょっと色々あって」

「昨日？　ああ、そういえば有給取ってたんだっけ？」

「そう。幼馴染の結婚式だったんだけど、新郎側のゲストで弓木くんがいて」

「はっ？　なんで？　そんなことあるの？」

「私もびっくりしたよ。弓木くんと旦那さんが高校の同級生だったんだって。でもよくよく聞いたら幼馴染と旦那さん、高校は同じ地元って縁で大学で仲良くなったって聞いたから、ありえないことでもないなって……」

「へえ、そんなことあんのね。それで？」

「……彼の方から、言ってもらえて、私もちゃんと言えた」

報告したかったけれども言葉にするのは気恥ずかしい。小さい声でちょっと口ごもりながらそういうと、雪ちゃんが目を見開いた。それから、にやあっとうれしそうな顔になる。

「言ってもらえた、と。なんて？　で、燈子はなんて答えたの？」

「え？　なんてって、だから」

「聞きたい聞きたい。なんて言葉で言ってくれたの？」

あ、これは、わざと言わせようとしている。

「こんなとこで言いにくいから！」

「ほうほう！　言いにくいようなことを……」

「やめてよもう……まあ、そんな感じで。あの日言えなかった気持ちを伝え合えて、よかった」

浮かれすぎて、連絡先の交換を忘れるというありえないミスはあったけれども。多分、私も彼も情報量がいっぱいで余裕がなかったのだ。

「ふーん。これはまたちゃんと聞かないと。次のお泊まり会いつにする？」

雪ちゃんのこのひと言で、改めて詳細を報告することが決まりお互いスケジュールを照らし合わせる。一週間後にふたりとも休みの日があったので、昼間にランチをすることになった。

「まあ、よかった。心配してたし。で？　これからどうすることになったの？」

「え？」

「昔言えなかった気持ちを告白して、今の気持ちも話し合ったのかなって。付き合うってことになったの？　まあ、燈子うれしそうだしそうなんだよね？」

話しながら途中まで食べ進めたオムライスをスプーンですくい、雪ちゃんの言葉を脳内で反芻する。

「えー……っと。うん。うん？」

「うん？　なにその歯切れの悪さ」

昨日の弓木くんとの会話をできるだけ詳細に思い出す。ひとつひとつたどりながら、そういえば決定的なことは何も言っていないことに気づいた。私もだけど、弓木くんも。

「……ねえ、こういうのって『付き合おう』とかちゃんと明確にしないと始まらないもの？」

「は？」

「いや、そういえば何も言ってないと思って……」

「……何やってんの？」

「だって！　初めてなんだもの、こういうの！」

昔の気持ちを伝えただけで、全部解決したような気になっていた。呆れた顔の雪ちゃんに、今日中に電話して話しなさいと言われ、連絡先の交換を忘れていたことも説明するともう一度同じことを言われた。

「何やってんの？」

新婚旅行中だけど、莉子に連絡してみようか。弓木くんの携帯番号を旦那さんから聞いて教えてください、とメッセージだけ残しておいたら、時間がある時に返事をくれるはず。事情説明したらやっぱり莉子にも『何やってるの』って笑われるだろうけど。

仕事のあとにメッセージを送ろうと思っていたが、その必要はなくなった。昼休憩を終えて五階ナースステーションに戻ると、弓木くんが訪ねてきてくれていたのだ。

柳川瀬さんが一緒にいて、私が昼休憩中だと説明してくれていた。

「今井さん、お疲れ様です」

「あ……お疲れ様です、弓木さん」

「勉強会の件について進捗を伺おうかと思い参りました。お時間よろしいですか？」

「あ！　わざわざありがとうございます」

職場なので当然今までと同じ口調で話す。だけど目が合った瞬間、弓木くんがちょっとだけ目尻を柔らかく下げたのがわかって、私も少し微笑んでみせた。

「じゃあ、今井さん任せていい？　私、術前の説明に行くから」

「大丈夫です。弓木さん、ミーティングルームでいいですか？　ちょうど昨日の夜に草案をまとめていたところで……。私のスマホから見れるので、ちょっと取ってきますね」

ミーティングルームといっても、仕切りの壁は上部が透明のアクリル板でできているので、誰が中にいるのかはナースステーションから丸見えの仕様だ。ただ防音になっているので何を話しているかは聞こえない。

弓木くんをミーティングルームに案内してから、手荷物を取って戻る。ドアを閉めると、ふっと気が緩んだ。

「よかった、会えて」

「スマホの番号交換してないことにあとで気がついて焦った」

「やっぱり弓木くんも？」

「今日が仕事だと聞いててよかったよ」

隣の椅子に座ると、ふたり揃ってスマホを取り出した。まずはメッセージアプリを繋いで、弓木くんがそこに自分のプロフデータを送信してくれる。住所も電話番号もすべてわかるデータだ。私も同じように送信して、ほっとふたり同時にため息をついた。これで、安心して仕事の話ができる。

「じゃあ、えっと、ちょっと待ってくださいね。家のパソコンと同期してるので……大体は出来上がってるんだけど」

そう言うと弓木くんもすぐにお仕事モードに戻った。持っていた黒いバッグの中から以前貸してもらったのとは別のファイルを取り出し、私の前で開いてみせる。

「これも参考にできるかと思って持ってきた。前の会社で看護師向けの勉強会が発案されて、初実施から定期的に予定が組み込まれるようになった流れが大体わかるようになってる」

「え、前の会社の？　見せてもらっていいの？」

「見せられないものは省いて持ってきてる」

ありがたく、パラパラと捲《めく》らせてもらうと、勉強会が企画されることになった発端から最初の計画案など時系列に並んでてわかりやすかった。

「もともとのきっかけは医療ミスだったんだ……」

「そう。医師の処方箋入力ミスで、実際に投薬したのが看護師。子育てで十年ブランクがあった」

「医療現場の情報なんてどんどんアップデートしてるものね……」

こういうことを聞くと、医療に従事すること自体に恐怖を感じてしまう。自分の知識は本当に今現在において正しいのか、何かあった時のことを考えると患者さんの命はもちろん、自分自身も失うものが大きい。

これは薬に関してだけではない。医療機器だって次々新しいものが出てきて、そのたびに医療機器メーカー主催の勉強会が開かれるが、参加するのはいつも医師ばかりだ。その機器に関わる技師の立ち合いはあっても看護師は省かれることが多い。

若い新人の看護師はそういった危機感をまだ考えられるところまでは来ていないかもしれない。だけど長くこの仕事を続けるなら、そのままではいけないのだ。

「ありがとうございます。一度きりで終わらせては意味がないと思っていたので、こういう資料は助かります」

「ひとつの講座内容を、看護師全員に聞いてもらうには何度か開く必要があるし、こっちも一度で全部の薬の説明ができるわけでもない。新薬は医者向けの説明を済ませてから看護師向けにした方が角は立たない。でも勉強会が定着したら、同時にする方が手間も時間も省ける。そういう空気に持っていくのが最終目標だな。意識を変えるには時間がかかるだろうから、そこは徐々に進めるしかない」

「ですね。まずは最初の一歩……」

そう思うと、この資料にとても重みを感じる。

「私の方は、今上司向けの計画書を作ってて……このページにあるこういうのなんですけど」

私はスマホから家のパソコンデータを開く。

「五階の看護師の人数と、実際に勉強会の時間を組み込んだ場合のシフト表で、業務に影響が出ないようにするには、とか色々考えてて。詳細なシフトが必要になるのは決定してからだけど、医師に理解を求めるなら先にこういうデータが必要かなと思って」

スマホの画面を弓木くんに見せながら、昨夜作っていた資料の説明をする。弓木くんは実際の勉強会の時間や一度に参加できる人数など、具体的な情報を教えてくれた。

時間にして三十分程度だった。

「では、またわからないことや迷うことなどありましたら、いつでもご連絡ください」

「ありがとうございます」

手荷物を片づけてミーティングルームを出る準備をする。お互い仕事の顔で挨拶をしてから、ドアを開けようとしたらそれより先に彼に小声で囁かれる。

「今日、何時頃終わる?」

「あ、夕方六時くらい……特に残業とかなければ」

「……会える?」

頷くと、照れたような微笑みが浮かんだ。仕事モードの時の彼とは別人かなというくらい、本当に雰囲気が変わる。

「駐車場で待ってる」

最後にそれだけ言うと、弓木くんはミーティングルームのドアを開けた。


夕方六時を過ぎてロッカールームへ行くと慌てて着替えた。自分の私服姿を見下ろして、絶望する。

……もっとちゃんとした格好してくればよかった!

通勤に着回しているちょっと緩めのワイドパンツと、シンプルな半袖のカットソーとゆったりサイズのカーディガン。カーディガンは電車の冷房よけだ。

全体的に飾り気のないゆるゆるの服装だけど、今さらもうどうしようもない。同じ時間帯に仕事を上がる職員が着替えながら雑談をしている中、私はひとり急いでロッカールームを出た。

駐車場といってもとにかく広い。アルファベットで区切られたスペースで、一番収容力のある駐車場は立体になっている。弓木くんからは職員用出入り口に一番近い駐車場のアルファベットが送られてきていた。

建物を出て、彼に電話をかけながら小走りで向かう。駐車場まで来て周囲を見渡しながら呼び出し音を聞いていると、少しして通話に切り替わった。

『今井さん、こっち。右見て』

言われた通りに右を向くと、一台の車から人が降りるのが見えた。弓木くんだ。スーツではなく、私服に着替えている。

黒のVネックのトップスに、明るいブルーのデニムパンツ姿はスーツ姿を見慣れてきていた私には、ぐっと大人の色気に溢れて見えた。薄いトップスの生地は、スーツの時よりも彼のがっしりとした体格がよくわかる。

「お疲れ様。乗って」

黒の国産車で、全体的にどっしりとした車体に見える。弓木くんが助手席側のドアを開けてくれた。

「弓木くんもお疲れ様。……お邪魔します」

どきどきしながら乗ってみると、車内もゆったりと広い。運転席に乗り込んできた彼がシートベルトをするのを見て、私も同じようにシートベルトに手を伸ばす。普段、車に乗ることがないのですぐに思いつかなかった。

「弓木くん、車持ってるんだね」

「あまり乗らないけどな。今井さん、飯何食べたい？」

「あ、何がいいかな、あんまり考えてなかった」

車が走り出して、その時になってそういえばこれはデートなのではと思い至る。約束したことで頭がいっぱいで、余裕がない自分が恥ずかしい。

ちらりと運転席の彼を見ると、慣れた様子でハンドルを操作している。精悍な横顔に見惚れてしまいそうになって、慌てて進行方向を向いた。

「じゃあ、適当に、近いところに行こうか。その方が食事が終わったらすぐ送れるし」

「え、うん。近くでいいよ。だったら、ちょっと先にファミレスがある。それと、そこ右に曲がったらハンバーグ専門店としゃぶしゃぶのお店」

「じゃあ、右に曲がろう。ハンバーグかしゃぶしゃぶか」

「ハンバーグの気分です」

迷ってはいたけどしゃべっていたらさくさく決まった。そしてちょっと残念に思ってしまう。

そうか、ご飯が終わったらすぐ帰るのか……。

明日は平日だから弓木くんは当然仕事だろう。私もそうだし、早く帰るべきなのはその通りなのだけど、これが初デートだと思うと呆気なく終わるのは少し寂しく感じた。

このお店は、土日祝日はいつも店の前で待つ人が多いけれど、平日はそうでもない。

ハンバーグがメインでたくさん種類があり、セットのサイドメニューも豊富だ。

弓木くんは目玉焼きのせのデミグラスソース、私はアボカドとチーズがのったハンバーグを注文して、直後にしまったと思った。アボカドチーズって絶対カロリーが怖いことになっている。サイドメニューを大根サラダにしておいたのがまだ救いだ。

「今日いきなり来て、悪かった。連絡先交換しなかったのがどうしても気になって……勉強会の話もあるから、俺としては理由もあってちょうどよかったんだけど」

「ううん、ありがとう。おかげで具体的に何をすればいいか見えてきたから、すごく助かった」

「役に立ったならよかった」

「すごく」

それからしばらくは仕事の話ばかりになった。食事が運ばれてきて、食べながら今度は弓木くんの話を聞く。基本は平日の定時出退勤だけど、取引先のスケジュールによっては時間外や休日にも仕事をするそうだ。取引相手が病院なわけだから、医師との面会なんかは確かに、休日や夜もありえそうだ。

「あとは学会であちこち行くこともあるし、セミナーとか……俺自身の勉強もあるし」

「そうなんだ。すっごい忙しそう……」

「でもまあ、スケジュールは自分で調整できるから、その分どこかで休み取ったり。今井さんのが大変そうに見えるけどな。夜勤もあるだろう」

「うん、もう慣れたけど。シフト制だから、休みは特に決まった曜日もなくて」

そういえば会社員と付き合うと休みを合わせるのが大変だと、彼氏のいる看護師仲間が言っていた。会いたくてもすれ違ったりしていつのまにか浮気をされたり……。

嫌な情報まで思い出して、慌ててかぶりを振る。

「どうした？」

「ううん！　なんでもない」

「そう？」

浮気なんて私たちには鬼門のワードだ。私が聞きたくないように、彼だってそうだろう。

それから食事の間、私たちの話す内容は仕事のことがほとんどだった。考えてみれば、過去の話以外でとなると私も彼もお互いのことをまだ何も知らないし、共通点は仕事しかない。しかも彼の話すことはとても勉強になるので、会話も弾む。

気づくと、店に入ってから三時間が過ぎていた。

「結局遅くなった。今井さん、大丈夫？」

「全然、お互い様だし。友達と食べて帰る時とかもっと遅いから」

店を出て車に乗ると、すぐに私の家に向かって走らせる。多分、十五分くらいで着いてしまうな、と寂しく思いながら、彼の運転の邪魔にならないよう、ぽつぽつと言葉を交わした。

案の定、家まではあっという間だった。昨日タクシーを降りた場所より少し先に進んでもらう。道幅が広いので、数分くらいなら停まって話しても大丈夫だ。

「……今日はありがとう。ごちそう様でした」

「こちらこそ。飯付き合ってくれてありがとう。楽しかった」

車の窓から街灯の光が少しは入るものの、車内は暗くて表情が見えづらい。それでも彼の口調や声色が優しくて、まだもう少し話していたいと思ってしまう。

だから、なかなか『じゃあね』と言えなくて、シートベルトを外す仕草もゆっくりだった。わざとじゃない、決して。

少し沈黙が続き、観念してさよならの挨拶をしようと思ったその時、彼の方から口を開いてくれた。

「ものすごく……今さらなんだけど」

「えっ？」

不穏に聞こえる言葉で、聞き返す私の声がちょっと裏返ってしまう。

「名前で呼んでもいい？　下の名前で」

「え？　うん……いいけど……いいよ」

なんだ、そんなこと。

ほっとして、すぐに了承したあとに気がつく。それは多分、もしかしなくとも私にも呼んでほしいということでは？

四年ほどお隣さんだった昔でも、ずっとお互い苗字のままだったのだ。それを今さら改まってとなると、とても照れくさいものがある。

妙に狼狽える私と違い、弓木くんは落ち着いた様子でシートベルトを外して上半身をこちらへ向ける。

「じゃあ……燈子」

優しく囁くような声で、名前を呼ばれた。胸が高鳴って、とても彼の顔を見ていられなくなった。

「……う」

「なんで呻く」

「……だって、待って、ちょっとダメ」

下の名前で呼ばれることが、こんなに威力が大きいとは思わなかった。心臓が働きすぎて、頻脈ではないかと疑ってしまう。

「いいって言っただろう」

「言ったけど！　ちょっと心の準備が間に合わなくて！」

両手で頬を覆うと、手のひらに熱が伝わるくらいに熱くなっていた。

「燈子にも呼んでほしい」

予想通りのことを言われて、またしても唸ってしまう。私の躊躇《ためら》いをどう勘違いしたのか、弓木くんの声がワントーン低くなった。

「もしかして、覚えてない……」

「そんなわけないでしょ。覚えてるよちゃんと」

初めて名前を聞いた時、かっこいい人は名前もかっこいいんだなあと感心したんだから。一度も呼んだことがなかったとしても忘れるはずがない。

呼んでもらえて、うれしい。だから、恥ずかしがってばかりでなく、私もちゃんと呼ばなければ。

頬に当てていた手を胸元にやり、二回深呼吸をする。それから、ちらりと彼を見た。

「……薫くん」

薄暗がりの中、近くを車が通ってヘッドライトが彼の顔を一瞬照らす。はにかみながらもうれしそうに、彼がゆっくりと手を伸ばしてくる。

「……呼び捨てでいい」

「か……薫……？」

「ああ」

優しい力で腕を取られ、柔らかく抱き寄せられた。

「燈子、俺と付き合って」

照れ隠しなのか固くぎこちないその言葉を、腕の中で聞いた私は額を彼の肩に押し当てて安堵《あんど》する。

「……うん。よかった、同じ気持ちで」

不安だったわけじゃないけれど、はっきりと言葉で聞くとうれしかった。

「私も察し悪いし自信なくて。実は、誰かと付き合うの初めてで、どうしたらいいのかわからない」

するとと数秒間があったあと、私を抱く腕の力がぎゅっと強くなった。

「……薫？」

「俺も」

しっかりと抱きすくめられた腕の中で、私は「えっ」と驚いた声をあげる。

「ええ？　嘘？」

「ほんとだよ。告白したのも初めてだ」

「……そ、そっか」

はっきり言って恋愛無双していそうな外見にしか見えないのだけど。あの日のことを引きずっていたとしても、何年も経つ間にそういう機会があってもおかしくないと思っていた。

「初めて……うん、私も。じゃあ、お互い満を持して、だね」

照れくささに、茶化して言うと腕がようやく緩んでくれた。私の肩に手を置き少し身をかがませて、私の表情をうかがう。

こういう仕草、全部が様になるからほんとに初心者かと思うけれど、そのくせちょっと余裕のなさそうな表情が私の心をくすぐった。

私が結局誰ともそういう気になれなかったように、彼にとっても同じであったことがうれしい。

「最初に付き合うのが俺でいい？」

「あなたでないとダメだった。もう一度恋をするなら」

三十歳の初恋

三十を間近にして、今さらこんなに甘酸っぱい関係を結べるとは思っていなかった。

「初恋ってかなうもんなのねぇ」

雪ちゃんは肘をついた手に自分の顔をのせながら、しみじみと私の顔を見つめて言った。

一週間が経ち、今日は雪ちゃんと約束の報告ランチの日だ。

おしゃれで長居できて美味しくてデザートも豊富、というなかなかワガママな雪ちゃんのリクエストをかなえてハワイアンカフェを見つけてきた。初めて来たお店だが、店内の装飾は思っていたより落ち着いていて、料理も美味しい。

食事をしながら薫と付き合うことになった経緯を説明し、今はデザートと紅茶をいただいている。

「私、それ不思議に思ったことがあるんだけど。初恋はかなわないっていう結果はどこで判断するの？」

「は？」

「初恋がかなって付き合い始めたらそこでジャッジするの？　その後なんやかやあって別れた場合は？」

「えー……」

「もしその場合はノーカウントになるなら、初恋がかなったっていう状況は告白が成功したのち結婚して別れることなく死別までいってから初めて成功？」

だとしたらなおさら初恋というのはハードルが高い。気合を入れて付き合いたい。

「そこまで考えたことはないわ。私はさくっとフラれて終わったし。その後ふたり付き合ったけど、比べてもそれほど初恋に特別感なかったな」

雪ちゃんは、今は誰とも付き合っていないが以前に同棲経験もある。

「……そういえば雪ちゃんって大先輩に当たるのでは⁉」

「燈子から見たら大体の人は先輩になるんじゃない？」

「相談に乗って！　お願い」

「はいはい。初めてのお相手としてはなかなか難しい人と付き合うことになったわよね、あんたも」

難しい？と言われてそこは首を傾げる。薫は特に難しい性格ではない。

今となっては、あのともすれば冷酷かと思ってしまうような無表情はどこへいってしまったのか。私と会っている時の表情は豊かだった。高校生の頃に戻ったように幼く見える時もある。

会えてうれしい、帰るのがさみしい。そんな感情をそのまま見せてくれるから、私はいちいちうれしくなる。

対して、私はつい照れてしまうこともあって、素直にできているのかわからない。

「彼は全然難しくないよ。むしろ私が態度とかどうなのかなって」

「そういう意味の難しいじゃないんだけどね」

「聞いて、いちいちいろんなことが気になっちゃってどうしたらいいかわかんないのよ」

今まで全然、考えてもいなかったことが急に心配になってくる。

用もないのにメッセージ送るのは、どれくらいの頻度が普通？　連日でも大丈夫？　返事が欲しくてつい質問調のメッセージを送ってしまい、わざとらしさにあとで悔やんだこともあった。ちゃんと返事してくれる薫がとても尊い。

まだちゃんとしたデートもできてないけれど、普通はデートの頻度はどのくらい？　電話はまずはしてもいいかメッセージで聞いてからかな⁉︎

友達に対してだとメッセージなんて用があったらするし、なくてもたまにしたくなったらするし、電話のタイミングなんてその時その時で判断していたはずだ。意識していなかったとしても、だ。

それが相手が薫になると、この体たらくである。いちいち悩んでしまうわりに、彼から連絡があればそれだけで悩みは吹き飛んでしまう。一時的にだが。

「雪先輩！　いちいち全部雪ちゃんに確認するようにしていい!?」

「やめて。めんどくさいわ」

「デートする時の服が少ないのでこのあと買い物付き合ってください！」

これは幸せな悩みなのだ。わかっているけど悩むものは仕方がない。

「それならオーケー」

「そんなことより、中川さんとやらは大丈夫なの？　私が難しいって言ったのはそういう意味なんだけどね」

「ああ……ん、まあ。気にしなければそんなに」

私と薫のことで、中川さんがとても理不尽なキレ方をした。

彼と駐車場で落ち合うところを見ていた人がいて、彼の人気の影響から一気に広まった。もとから話題の注目人物だった彼と付き合うことになったのだから、ある程度は覚悟していたが、思ったよりバレるのが早かった。隠すつもりはなかったので、噂を否定せず聞かれたら正直に答えていたのだ。

そうすると、今度は中川さんが持論を展開し始めた。しかも私個人にだけでなく、朝礼の場で、だ。

『看護師向けの勉強会の企画、私が主導するはずだったのに。弓木さん目当てでいつのまにか乗っ取られたんです！　仕事にかこつけて男に迫るなんて最低じゃないですか？』

私が主導になったのは看護師長に指名されたからだし薫もはっきりそう言ったのに、あれはなかったことになったらしい。

何か文句を言ってきそうだなとは思っていたけど、仕事中、医師や看護師が集まる朝礼で言われるとは思わなかった。さすがに気が動転したものの、看護師長が『今井さんにお願いしたのは私よ？　中川さんはこちらに何も言ってこなかったでしょう』と至極真っ当に対応してくれた。師長を通しておいてよかった。こういう時の上司頼みだ。

『……その。朝礼の場でどうかとは思いますが、今、お話に上がりましたので。わたくしごとではありますが、帝生製薬の弓木さんとお付き合いさせていただいております。ですが、先ほど中川さんがおっしゃったようなことがきっかけではなく、中学の同級生で当時お隣さんだったんです。そのご縁です。公私混同は致しませんので、よろしくお願いいたします』

黙っているわけにもいかなかったので、そうみんなの前で挨拶することになってしまった。もしも交際が知られた時はどうするか、薫とあらかじめ決めておいてよかった。彼は特に知られても困らないということだったので、はっきりと言うことができた。

「大体みんな、普段の彼の仕事に徹する態度を見てたから、最初の浮かれたような人気も落ち着いてきてたと思うし。知り合いにからかわれる程度で、知らない人はこそこそ噂話をしてるけど直接中傷されることはないから。中川さんの当たりが前よりきつくなったのくらいかな、めんどくさいのは」

中川さんとは毎日シフトがかぶるわけではないし、ずっとひっついて仕事するわけでもない。シフトが同じ日は休憩時間は敢えてずらしたりしている。

そう言うと、雪ちゃんがにやにやと笑う。最近、よくこの顔をされる。

「ふぅん。幸せで余裕のある人は違うわね」

「えっ」

「顔デレデレなのは気をつけなね」

指摘され、唇の端にきゅっと力を入れて表情を引き締めた。この後、薫に会うのにあんまりデレた顔は見せられない。

今日は私が休みなので、彼の仕事が終わるのを待って食事に行く約束をしている。

雪ちゃんと買い物をして別れたあと、帝生製薬の近くの駅へ向かった。

雪ちゃんは『付き合いたてなんだし、一般的な頻度とかそんなの気にしないで会えば？』と言っていたが、この二週間で六度目の食事だ。会いすぎでは？と思わないこともない。

仕事が不規則な私は決まっているシフトはすべて伝えてある。彼はそれを確認してから誘ってくれて、会えるのがうれしい私はもちろん断る選択肢はなかった。

いつも私に合わせてくれるので、今日は私が誘った。彼の職場付近に来るのは初めてだ。

「蒸し暑い……」

しとしとと小雨が降っている。七月に入って、天気のいい日の日中の気温はすでに真夏かと思われるほどだ。もうじき梅雨明けするだろうと天気予報で言っていた。

駅の出入り口付近、屋根のある場所でしばらく待っていると、薫が黒い傘を差して歩いてくるのが見えた。

「悪い。待たせた？」

「全然。お疲れ様」

一度傘を畳んで、それから私の手荷物を見て片手を差し出す。

「荷物貸して」

「大丈夫、服だから重くないし」

「でも歩きづらいだろ」

そう言って、ふたつあるショッピングバッグのひとつを引き受けてくれた。

「久しぶりだから奮発しちゃった」

「友達とはゆっくり話せた？」

「うん。薫のこと話してたらいっつもにやにやされる」

薫は私の話をいつもうれしそうに聞いてくれるので、なんでもぽろぽろ話してしまう。彼も話してくれるけど、もっぱら聞き役になるのは彼だ。

「よかったら、一度紹介してもいい？　社会人になってから一番親しくしてる友達だから」

病院で挨拶くらいはしたことがあるはずだが、職場とはまた別で友達として紹介したい。

「ぜひ。その方が安心する」

「安心？」

「うん」

そんなに普段心配させているだろうか？

ちょっと気になったが、彼が周囲を見回したのでその話はそこで終わった。

「ところで、どうしようか。車取りに行こうかと思ってたんだけど、遅くなったから先にこっち来たんだ」

「私、電車でもいいしこの近くで食べてもいいよ？」

私も彼と同じように、周囲を見回す。駅構内にも店はあるが、外に出ればいくらでもありそうだ。

「そういえば、家はこの近くって言ってたね」

出勤は徒歩圏内だと言っていたのを思い出した。

「そう。歩いて五分くらい……、来る？」

「え？」

「……嫌じゃなかったらだけど。雨の中店探すより、家でデリバリー取った方がゆっくり食えるかなって」

どうやら、お家に誘ってもらえている。

うれしくなってすぐに「行きます！」と言ったら、「なんで敬語？」と小さく笑われた。

彼の住むマンションは、広すぎず狭すぎず、だけどモデルルームみたいな綺麗な部屋だった。１ＬＤＫのようだがリビングとキッチンがかなり広く、そしてあまり物がない。ないように見える。彼にそう言うと、壁面収納で全部見えないようになっているのだと教えてくれた。普通の壁かと思っていたら小さな取っ手がついていて、開けると一面が戸棚になっている。キッチンも他の部屋も全部そういう仕様らしい。

「とりあえず座って。コーヒーでいい？」

「うん、コーヒーで。ありがとう」

真っ白のラブソファは、汚してしまいそうで怖くなる。浅く座って背筋を正していたら、コーヒーの香りが漂ってきた。それからしばらくしてカップをふたつのせたトレーを手に薫が戻ってきた。

「悪い、ミルクがなかった。カフェラテにしようかと思ったんだけど……砂糖はかろうじてこれがあった」

申し訳なさそうに小さなスティックシュガーをひとつ持ってきてくれていた。

「燈子、カフェラテが好きだっただろう」

その言葉で、昔彼が塾の帰り道に迎えに来てくれていたのを思い出した。あの時飲んでいたのが、いつもカフェラテだったのを覚えていてくれたらしい。

懐かしくて、うれしい。思わず口元が綻んだ。

「大丈夫、もうブラックでも飲めるようになったから。その日の気分で色々飲むの」

「……次までには色々揃えとく」

「うん。うれしい」

ふふっと笑うと、彼はコーヒーをテーブルに置いて私の隣に座った。ふたり掛けのソファがひとつなのだから当然なのだが、急に距離が近くなって不意に意識してしまった。

家にお邪魔するなんて、ちょっと大胆すぎただろうか。

でも、もう付き合っているんだし。もうすぐ三十だし。いや年齢は関係ないだろう、と思いつつどきどきしながらコーヒーをひと口飲みテーブルに戻す。

隣に座る彼は、スマホを操作して私にもその画面が見えるように体を寄せた。

「デリバリーでいつも使ってる。パスタとピザと……あとは何があるかな」

「ピザ食べたいな。パスタも好き……あ、これ美味しそう」

「じゃあ、ここにするか」

パスタとピザをそれぞれ一種類ずつ選んで、薫がオーダーしてくれた。オーダーが済んで顔を上げると、彼がちょうど私を見ていたところで、至近距離で目が合った。

会うのはいつも外だったし、帰り際に軽くハグしてくれたりするけれど、まだ近距離に慣れているわけじゃない。目を合わせたまま固まっていると、次の瞬間彼の顔が近づいてきて唇にふにっと柔らかな感触がした。

一瞬、何が起こったのかわからなかった。唇は離れたけれど、まだ彼はすぐ間近で私の表情をうかがっている。

あ、今の、キスだ。そう自覚した途端に、顔から耳まで熱くなった。私だけでなく、彼の方も。

「……き、キス」

「ん。つい、可愛くて」

そう言って、照れた彼は顔を背けて立ち上がろうとする。私はその腕を咄嗟に掴んで引き留めた。

「初めて……ファーストキスだったのに」

つい責めるような言葉になってしまった私に、彼は慌てたようだ。

「そうだよな、ごめん。キスしていいか聞くべきだった……」

「初めてなのに、一瞬で終わっちゃった。もう一度、ちゃんとして。ほしいです」

「え」

別に怒ってはいないのだ、ただ一瞬でよくわからないうちに終わってしまったのが、さみしくて嫌だった。

私の言葉が予想外だったのか、彼は困ったように眉尻を下げている。

立ち上がりかけていた腰を再びソファに下ろし、彼の手の指先が私の頬にあてられた。こわごわと、まるで壊れ物に触れるような優しい指先だった。

ゆっくりと顔が近づいて、鼻先が軽く触れる。

「……じゃあ、目を瞑《つぶ》って」

囁かれたその吐息が唇に先に触れて、慌てて目を閉じた。その後すぐ、先ほどと同じ柔らかな感触がした。また軽く触れるだけのキス。だけど、今度はすぐには終わらず二度啄《ついば》み、三度目には押し当てたまま唇を軽く食《は》まれた。

じっと唇を温めるような優しいキスは、少ししてゆっくりと離れていく。止めてしまっていた息を深く吸い込むと、ほうっと思わず熱のこもった吐息が零れた。

「……燈子？」

薫の指が、私の頬を優しく撫でる。温かくて優しくて……彼の気持ちが伝わってくるようなキスだった。

キスはどんなものだろう。小説や映画やドラマで見ることはあっても、本物のキスがこんなにも幸せな気持ちになるものだとは知らなかった。

「……うれしい」

ふにゃり、と溶けてしまうような笑顔になった自覚はある。すると次の瞬間、ぐるっと勢いよく彼は私に背中を向けた。それから両手で顔を覆って俯いている。

「薫？」

「待って、ちょっと」

「え、なんか、嫌だった？」

「違う、燈子は悪くないから」

キスのあとにいきなり背中を向けられたら、何か私が変だったのか不安になる。だけどそういうわけでもないようで、彼はふるふると頭を振って深呼吸を一度する。

「……暴走しかけた理性を呼び戻してた。ちょっと着替えてくる」

私の方を見ずに、彼は立ち上がるとリビングを出ていってしまった。

「暴走……」

たとえ男性経験がなくともその意味がわからないわけはない。瞬時に火照った顔を慌てて手で扇いだ。

付き合い始めてまだ二週間だが、時間があれば会うか電話で話すかして、少しでも多くの時間を共有しようとしていた。無理をしているわけでもなく、普通に暇があれば薫のことを考えてしまう。

彼氏ができたら友達は蔑《ないがし》ろにしがち、と聞いたことがあるし今まで私は蔑ろにされる方だったわけだけれど。付き合い始めは特に盲目になるものなのだと実感しているところだ。

初めてのことだから、加減がわからない。だけど、なんとなく、今となっては戻らない時間を取り戻したいような、そんな意識が働いている自覚があった。

両想いだったのなら――と、あのあと続いたはずのことを時々想像してしまう。高校生の私たちは、どんなデートをしただろうか、とか。

デリバリーの料理が届く頃には、薫もラフな服装に着替えて戻り、ふたりで食事を終えた。

後片づけも済ませて再びソファで食後のコーヒーを飲む。スマホのスケジュールを見ながら、彼が言った。

「この頃には梅雨が明けてるといいな」

今出ている私のシフトで唯一あった日曜の休日は、朝からデートの約束となっている。ずっと退勤後の待ち合わせで食事中心のデートだったので、休日に会うのはその日が初めてだ。

「日中、酷暑になりそうだけどね。どこに行こう？」

「車にしようか。そうしたら移動の時も暑さはしのげる」

「でも夜はビアガーデン行きたくない？　車だと薫がお酒飲めなくなる」

「ああ、そうか。別に飲めなくてもいいいんだけど……昔だったらどんなデートしてたんだろうな」

デートの計画をふたりで立てるのはとても楽しい。そして彼も、やっぱりそういうことが頭にふと浮かぶらしい。

「学校帰りにハンバーガーとか？　学校の帰り道にあるファーストフード店が高校生のカップル多くて羨ましかったなあ。友達は彼氏とよくカラオケ行ってた。あ、でもすぐ三年生で受験生になってたから図書館とか行ってたよ」

「高校生ならそんな感じだよな。この年齢で初デートにファーストフード連れていくのはさすがの俺も躊躇う」

「あはは！　私は悪くないと思うけど」

その時、私のスマホからメッセージの通知音が聞こえた。画面に上がった通知ウィンドウに、時任先生のアカウントのアイコンが浮かぶ。

「あ、ちょっと待って。時任先生から」

彼にひと言断ってからメッセージの画面を開く。

【研修医二名確保】

ものすごく端的な内容のメッセージだが、すぐに意味はわかった。

「時任先生……研修医の？」

「そう。研修医も一緒に参加できるかこないだ聞いたでしょ？　あれを提案してくれたのが時任先生だったから、そっちの人集めと調整を引き受けてくれて」

——その勉強会、研修医こそ受けるべきじゃね？

時任先生が、そう言ってきたのはつい先日のことだ。研修医も一緒に参加させてくれるならと協力を申し出てくれて、プライベートの連絡先を交換した。研修医なんてそれこそ院内をあちこち走り回っているので、出勤していてもまったく会わない日は結構多いのだ。

「……ふうん」

「人当たりのいい人だから、周囲に反対意見があっても緩衝材になってくれそうかなって」

不意に隣から腕が伸びてきて抱き寄せられた。初めてのキスを経験してしまったからか、それだけでキスを意識してしまう。

「もう一回、いい？」

「えっ……脈絡がなさすぎない？」

「そんなことない。……燈子が可愛いから」

もう……可愛いなんて年齢ではないんだけどな。

断る選択肢なんて最初からないが、そんな風に言われたら言葉に困ってしまう。スマホを膝の上に置いて少し目を伏せると、彼の息が唇に触れる。

一度目はどこかぎこちなさを感じさせたのに、二度目の今は唇の柔らかさを楽しむように、じっくりと触れ合わせる。私にも少しだけ余裕ができて、鼻で息を吸うことを覚えた。

それはナースステーションで事務仕事をしている時だった。

「最近、今井さん綺麗になったわよね」

唐突にそんなことを言ったのは、柳川瀬さんだ。

「えっ？　そ、そうかな？　別に何も変えてないけど」

いつも通りのナチュラルメイクを施した頬を、なんとなく撫でてみる。

「いやあ、恋をするとやっぱり違うのね」

いきなり何を、と思ったが化粧品の話ではなく私の恋愛話を聞きたいらしい。

でも中川さんがいる前でその話はやめてほしかった。私の斜め前、柳川瀬さんの隣からビシビシと強めの視線が飛んでくる。

「そうですか？　今井さん前から綺麗ですけどね」

「えっ」

意外なところからさらにそんなセリフが出て、私は驚いて隣を見た。

「時任先生……急になんですか」

「なにって、思ったこと言っただけなんだけど。なんでそんなに不審な目を向けられるのかなあ」

「軽いとかチャラ医とか言われるのそういうとこじゃないですか、時任先生」

柳川瀬さんが呆れた顔で時任先生を睨んでいた。中川さんは口を尖《とが》らせてパソコンの前でマウスをカチカチ鳴らしている。

「柳川瀬さんはほんとに遠慮がない」

「今井さんはダメですからね。長年の恋が実ったとこなんですから」

「ちょっと、柳川瀬さん。時任先生に失礼ですよ」

確かに時任先生の女性への態度は問題だが、いくらなんでも誰彼構わず口説いているような決めつけはよくない。

「時任先生もコンプラ意識した方がいいですよ。最近は怖いんですからね」

「えっ、俺、そんなに危うい？」

「たまに」

「嘘⁉」

私の指摘に、時任先生はショックを受けたように両手で頬を覆った。

そんな笑い話をしていると、低い声が響く。

「コンプラ意識した方がいいのは今井さんもじゃないですか？」

「えっ？」

「仕事にかこつけて男に近寄るとか、どうなんですかぁ、って思いましてぇ」

中川さんの嫌みっぽい言い方に、なんと返すか言葉を探す。

だけど困っている間に、なんと隣の時任先生から盛大な笑い声が響いた。

「あっはは！　中川さんブーメランだろそれ！」

「は⁉」

「いやいや、いいと思うよ俺は。仕事忙しいと出会いなんて職場でしかないもんな。職場に恋愛感情を持ち込まなければアリだから中川さんも頑張ろうな！」

時任先生の言い様に、中川さんが顔を真っ赤に染めて目を吊り上げる。だけど、言い返すことはできなかったらしい。

「リネン交換！　手伝ってきます！」

「え、あ、うん。助かるわ」

がたん！と大きく音をさせて立ち上がると、早足でナースステーションを出ていった。

「時任先生……今のはちょっと言いすぎでは」

「いいの。彼女、こないだまで俺に言い寄ってたのにさあ」

「えっ？　そうなんですか」

知らなかった情報に驚いていると、柳川瀬さんからも「そうそう」と同意の言葉が出てくる。

「結構あからさまだったわよ？」

「なのに、例のイケメンが彗星のごとく現れ……途端に俺には興味なくなったみたいだよ。弄《もてあそ》ばれたの俺」

「そこはお互い様でしょうに」

男性に対して態度を変える子だなあとは思っていたが、明確に時任先生を狙っていたとは知らなかった。

「でもまあ……仕事ちゃんとしてくれたらそれでいいんですけどね」

今日はリネン交換の日だが、看護助手の欠勤が二名いたので手の空いている人がいたら手伝ってもらおうと思っていた。誰かに声をかけようか、それとも私が行こうかと迷っていたので、中川さんが覚えていて率先してくれたのはありがたい。難はあるが、気が利く子でもあるのだ。

仕事が終わり、着替えも済ませて職員用出入り口を出る。夕方に病状が急変した患者さんがいて、対応に追われたため、定時を大幅に過ぎてしまっていた。

それでも七月の空はまだ少し明るさを残している。道路を行く車が今からヘッドライトをつけようか、という微妙な薄明かりだ。

「今井さん！　お疲れ様！」

後ろから声をかけられ、その声の主はすぐ私の隣に追いついた。

「時任先生、お疲れ様です。今日はもうお帰りですか？」

研修医は拘束時間が長くなりがちだ。それでも、ずっとその調子では体が持たないので、可能な日は早上がりで時間調整をしているようだ。

「今日は帰るよ、昨日も結局深夜までいたし」

「それはお疲れ様です」

先輩の医師について勉強はしなきゃいけないし自分の担当の患者さんもいるしでは、気の休まる時も少ないだろう。

「よかったら、飯行かない？」

「えっ」

まさかまた食事のお誘いをされるとは思ってもおらず、断り文句に窮してしまう。

「ひとりで食うのも侘《わび》しいし」

「ええっと……そうですね」

「もしかして、彼氏は職場の人間と食事に行くのも許せないほど狭量な感じ？」

どうするべきかを考えていたのだが、時任先生の言い方に若干の悪意を感じてお断りすることに決定した。

「そんなことはないですけど、やめておきます」

「ええ、なんで？　飯くらいいいじゃん」

「明日デートなんです。早めに帰って休みたいので」

そう。明日は、薫と約束した一日デートの日なのだ。

満を持して……と言うと大袈裟かもしれないけれど、着ていく服の準備だとか、色々ある。そういうのも含めての楽しみなのだ。

話しているうちに、敷地から徒歩で出る門と職員用駐車場への分かれ道にさしかかる。時任先生は車通勤だと聞いたことがあったので、そこで軽く会釈した。

「それでは、お疲れ様でした」

しかし、突然片方の手首を掴まれ引き留められる。

「ごめん、ちょっとだけでも話せないかな」

「は？」

「嫌な言い方になっちゃったのは謝るよ。だから少しだけ」

ばつの悪そうな表情に、ため息をつき足を止めた。時任先生がなにを話したいのかさっぱりわからなかったが、とりあえず正面から向き合い、掴まれたままの手に目を向ける。しかしその視線はスルーされてしまった。

「……彼氏、中学の同級生だっけ？」

「はい。十年以上ぶりの再会で」

「そんだけ期間空いてたのに、すぐに好きになれるもんなの？」

何を言われるのかと身構えていたのだが、予想もしていなかった問いかけに瞬きを繰り返す。どうしてそんなことを私に聞くのか、やっぱりわからなかったが……。

「……もしかして、恋のお悩みですか？」

「えっ？」

「それも元カノと再会とかそういう？」

今度は時任先生が目をぱちぱちさせていたが、少ししてから頷いた。

「ああ、そう。悩みがあって」

「そうなんですね……見るからに猛者《もさ》なのに」

「猛者って」

しかしながら、そんな猛者の時任先生でも悩むことがあるのかと思うと、ちょっとほっとする。

「そういうことなら……」

「ほんとに？　じゃあ」

「でも私まったく初心者のようなものなので……あ、それじゃあ」

役立たずな私ではなく、雪ちゃんが一緒の時にと言おうとしたのだが、突然割り込む声に遮られた。

「彼女に何か御用ですか」

その声と同時にまだつかまっていた私の手を、もうひとつの大きな手が掴む。驚いてその手の主を見上げた。

「かお……弓木さん！」

彼が険しい目で時任先生を睨みつけ、時任先生はその視線にむっと表情を歪《ゆが》めて言い返す。

「ひどいな、これじゃ不審者扱いだ」

「弓木さん、これはただ」

「手を放してくれませんか」

不審者扱いを否定せず、薫は声を荒らげるでもなく淡々とした口調だった。それがむしろ、威圧感がある。時任先生はさすがに怯んで、渋々と私の手を離した。

「……まあ。ちょっと強引すぎたよ。ごめんね、今井さん」

「あ、いえ。大丈夫ですが、私ではあんまりお力にはなれないかなと」

時任先生が非を認めた形で引き下がる。薫はまだ私の手をしっかりと握ったままで、そっと引き抜こうとしたけれど彼の力が強くてかなわなかった。私がおとなしく力を抜くと、彼もまとう空気を和らげ、時任先生に向かって小さく頭を下げる。

「不躾《ぶしつけ》な物言いをしてしまいました。暗がりで誰かに絡まれているように見えたものですから」

「いや、いいよ。なんなら三人で飯行く？」

「残念ですが、今日は所用がございまして。また勉強会の件については、改めてご相談兼ねてお時間いただけますか」

「……あんたこの流れでよく言うね」

剣呑な空気はおさまったものの、穏便とはいえないこの状況で、仕事の話に強引にシフトチェンジした薫に時任先生は呆れ顔だ。

「仕事は仕事ですので」

しれっとした顔の薫に、時任先生は顔を引きつらせて笑うと肩をすくめて背を向けた。

「じゃあ、お疲れ様」

「はい、お疲れ様です」

時任先生の姿が見えなくなり、私は隣に立つ彼を見上げる。

「えっと……もしかして迎えに来てくれたの？」

今日はデート前日で、なんの約束もしていない。だからまさか、彼が出入り口で待っているとは思いもよらなかった。

「ちょうど近くに用があって、一緒に夕食でもと思って。メッセージは送ったんだけど」

「ほんと？　気づかなかった。ちょっと遅くなっちゃったから、もしかしてだいぶ待ったんじゃない？」

そう言うと、ちょっと口元を緩めた薫だが、何か表情に影がある。暗いから、そう見えるだけだろうかと思ったけれど、なぜか私の胸には焦燥感が湧いた。

「いや、そうでもない。残業かと思って車で仕事してた。……気になって様子見に来てよかった」

「本当に？　あの……変に思わないでね？　なんか時任先生、悩みがあるみたいで……相談に乗ってほしいって言われただけだから」

私がそう言うと、彼はぐっと眉根を寄せた。

おかしい、安心してもらおうと思ったのに逆効果になったっぽい。

「……相談男」

「えっ？　何？」

「とりあえず、車に乗ろう」

手を引っ張られて、来客用の駐車場へと向かう。車に乗り込むと彼はすぐには車を発進させず、助手席に座る私に上半身を乗り出して突然キスをした。

「んっ？」

車の中で周囲は暗くなってきているとはいえ、屋外だ。すぐに唇は離れたけど、顔はまだ近い。じっと至近距離で見つめてくる目は、どこか不安そうだった。

「……ごめん」

「えっ？」

「今日は、俺の部屋に来てくれる？」

怒っている様子ではないけれど、何か差し迫るような空気に思わず頷く。彼はもう一度軽く唇を啄んで、すぐに車を走らせた。

彼の部屋に着くと、玄関を入ってすぐに唇を塞がれた。肩を抱く力が強くて、身じろぎひとつできないくらい。角度をつけて唇が深く合わさると、かちりと歯がぶつかった。

「んっ」

一度唇が離れて、熱い息が私たちの間で混じり合う。それを呑み込むようにして、再び重なった。すぐに咥内《こうない》に舌が入り込み、驚いた私の体が固くなる。

舌を絡めるキスがあることくらい知っている。だけどするのは初めてで、咥内で蠢《うごめ》く舌の動きをただただ受け止めるしかなかった。

上顎を柔らかな舌で撫でられると、どうしてか背筋がぞくぞくして足の力が抜けそうになる。姿勢を崩しそうになると、彼の片腕がしっかりと私の腰を抱え込んだ。

「ん、ん……うぅ」

長く続くキスの間、何度か歯がぶつかったけれどそのうちにそれもなくなった。熱い舌で私の舌を絡め取り、器用に吸い上げられた時は自分の声とは思えないような甘い声が漏れた。慣れないキスで、鼻で息をしていても段々と酸欠になり、頭の芯が溶けてくる。

唇が離れた直後に、ほうっと零れた息は、熱かった。

なんだろう。すごく、息苦しいのに……。

「……燈子?」

彼がまだいつでもキスを再開できそうな至近距離で問いかける。その声に、私は半ばうっとりとした状態で答えた。

「……ん、なんか、ふわふわする」

ぐ、と喉の鳴る音がする。これは私ではなかったと思う。彼は私の体を半ば持ち上げるようにして、今まで入ったことのなかった部屋のドアを開けた。

真っ暗だった部屋に明かりが点いて、部屋の中央に置かれたベッドが目に入る。もうここまできたら、彼が何をしようとしているかくらい考えなくても理解していた。

ただ、とても急な気がして。

本当は、明日のデートでもしかしたらと思っていた。だから私自身、心の準備はできていて、ただ一日早いだけなのだけれど、彼の様子はとても急いて見えた。

「薫……?」

ベッド間近まで来ると、すぐに押し倒されはしなかった。彼に正面から見つめられて、その目の熱さに息を呑む。いつもの優しい眼差しではなく、かといって冷たいものでもなく――。熱を孕《はら》んだような瞳に、私の鼓動が速くなる。

いつもと違う彼にどきどきして、ほんの少しの怖さも混じり、目を逸らそうとした瞬間。

強い力に抱き寄せられて、私は彼の腕の中にいた。

「お願い、燈子」

「うん？」

数秒、彼は言いかけてはやめ、を繰り返したあと、溜め込んだ息を吐き出すように言葉にした。

「……あまり……無防備になるな」

私は驚いて彼の顔を覗き込もうとしたけれど、きつく抱きすくめられたままではそれもできない。そろそろと、彼の背中に手を回した。

「……ご、ごめん？」

「……わかってる？」

「うん、でも……私、薫とならってちゃんと心の準備はしてたよ？」

私の態度の何かが、彼に対して無防備に見えたんだろう。だけど安心してほしくてそう言ったら、ふっと笑ったような息の音が聞こえ、小刻みに背中が揺れた。

「わかってない」

「えっ⁉　わ、わかってるよ。その……薫となら、全部大丈夫だから」

私の方からも、ぎゅっと彼の体を抱きしめ返して縋りつく。なんというか、さっきから彼の様子が私にはとても不安定に思えて、とにかく安心してほしかった。

そうすると、彼の腕が少し緩んだ。といっても、解放するような緩み方ではなく、腕の囲いの中で僅かに体を動かせるゆとりができただけだ。

狭い囲いの中で彼を見上げると、困ったように眉尻を下げて私を見つめていた。

「じゃあ……今日は帰さないけどいい？」

「……うん」

聞いただけ、知識だけのこの先を考えると、小さく体が震えていた。その震えはきっと彼にも伝わっている。怖いからではないのだと、わかってほしくてはっきりと頷いた。

彼が目を細め、口元を綻ばせる。それはまるで蕩《とろ》けるような微笑みで、見惚れてしまう。

「燈子が思ってるよりずっと、俺はお前のことでいっぱいなんだよ」

きゅっと下腹部に甘い痛みを感じた。

私をベッドに座らせると、彼も隣に座ってまたキスを始める。たどたどしかった深いキスは、今はもう私の反応を見るくらいには余裕があるみたいだった。

私が息苦しくなると、少し唇を離して息継ぎをさせてくれる。その間は、唇の端や頬を軽く啄んで、また私の舌をねだってくる。

舌を絡めることがこんなに官能的で、気持ちいいなんて知らなかった。舌先がこんなに敏感だということも。

全部の初めての感覚を、彼が教えてくれるのだと思うとそれだけで胸の奥が苦しくなるほど、うれしい。

キスをしながら彼の手が首筋を這《は》い、肩を撫でてまた抱きしめるように背中に回る。シャツの裾から彼の手が入り込んで肌に直に触れた時、意図せず身震いした。

腕の中で身をよじる私を、薫は逃がしてくれず、顔を背けてキスが解けたあとも、首筋から耳へと口づけが続く。

彼の手が私のカットソーをひと息に脱がせ、上半身は下着だけになってしまう。

ブラのカップに包まれた膨らみに、彼の手がそっと触れた。指先が震えていることに気がついて、胸の奥がきゅんと苦しくなる。

はっきりと尋ねたことはなかったけれど、もしかしたら彼も初めてなんじゃないだろうか。そうだったらいいなと思ってしまう私は、自分の独占欲に驚いている。

胸の柔らかさを確かめるような指先を、見ているのは恥ずかしい。だけど顔を上げて薫と目を合わせる方が、もっと恥ずかしいような気がする。

「……か、薫」

激しく鼓動する心臓が、彼の指先にも伝わっている気がした。

「燈子、好きだ」

「う、うん」

「好きだよ、ずっと」

熱に浮かされたような彼の言葉を聞きながら、どうしてか涙が目に滲んでくる。

「……私も、好き」

言い終わるか終わらないかのうちに、再び唇が塞がれる。そのままベッドの上に押し倒された。

人に体を撫で回されるなんて、なんて無防備な行為だろうとぼんやり思う。気持ちいいのに緊張で体はがちがちで、手も足も上手く動かず、されるがままになっていた。

たどたどしい指がショーツの中まで伸びた時には、頭の中が沸騰しそうなくらいに熱くなった。小さく悲鳴をあげてしまった私に、彼は指よりも優しく、唇や舌で触れてくれる。

体中にキスされて、肌を味わうようにされた時には、お風呂に入れていないことを思い出してしまったけれど、熱を帯びた彼の目を見て諦めた。そもそも止める隙もなかったのだけど。

「……燈子」

とても長い時間が経っていたように感じる。彼の愛撫《あいぶ》で昂った体は汗に濡れて、荒い息遣いで胸が大きく上下していた。私の足の間に体を置き上から覆いかぶさる彼も汗だくで、きつく眼を閉じた表情がとても苦しげだった。

「も、大丈夫」

シーツに縋っていた手をほどいて彼の首に絡ませた。

「……大丈夫」

彼の目を見ながらもう一度言う。彼も私を見つめ返し小さく頷くと、私の顔のすぐ横に両肘をついた。私の額に張りついた髪を、手で優しくかき上げて頭を囲う。

「痛くしたら、ごめん」

平気、と答えるより先に、熱く潤む私の中に彼の一部が沈み込む。

「いっ……！」

まだ少しの繋がりだと思うのに、狭路を押し広げるような痛みと熱に一瞬で体が硬直した。喉を引きつらせながら喘《あえ》ぐと、慰めのようなキスが頬に触れる。

それから彼は、私の頬に顔をすり寄せた。

「燈子」

「んん……っ」

「好きだよ、燈子」

掠れた声が苦しげで、首筋は固く強張っていた。痛みの中でも、そんな彼が愛おしくて、もっと近づきたいという欲が出る。

「……私も、だい好き」

荒い息遣いの中に「好き」と想いを混じらせ合って、体を揺らすと少しずつ繋がりが深くなる。

唇を重ねて舌を絡め少し痛みに慣れた頃、彼の腰がぐっと強く押し進む。

引き裂かれるような痛みに喉を仰け反らせ、深く、これ以上はないと思えるほど、私たちはひとつになった。

あの時は、今が彼を受け入れる時だと私も思っていたし、後悔はない。ないけれども、終わって落ち着くと、いろんなことが急に気になってくる。

「……せめてお風呂は入りたかった」

体中、あらゆるところに彼はキスをした。未経験でもある程度の知識はあるけれど、実際にされるのとはわけが違う。

だって、あんな……あんなことになると思わないし！

思い出すと恥ずかしくて、すぐに顔が熱くなってくる。

「悪かった」

「……絶対悪いと思ってなさそう」

耳元で低い声で囁く声音は、とても機嫌がよさそうだ。私は彼のシャツを一枚羽織ってベッドの上に起き上がり、彼は私を背後から抱きしめている。私のお腹で両手を重ね、時々いたずらで腹肉を指で摘まんでくる。

この甘い空気が、恥ずかしくてたまらない。

私の膝の上にあるのは、プレートにのせられたオムライスだ。事が終わったあと、起き上がれない私のために彼が作ってきてくれたのだ。お行儀悪くベッドの上で食べるのを許されるのがとても大事に甘やかされているようで、なんだかくすぐったい気持ちになる。

「……オムライス美味しいから許すけど。ねえ、なんでこんなに上手なの？」

「学生の時に専門店でバイトしてたんだ」

焦げ目のない黄金色のたまごにスプーンを差し入れれば、ケチャップ色のチキンライスが覗く。こんなに綺麗にしっかりと包まれているのに、スプーンでほぐれるような柔らかさ。見た目の仕上がりはプロ級だ。食べると味もプロ級だった。

「……うん、ほんとに美味しい」

「完璧に作れるのはオムライスだけだけどな。他は適当だし」

「私は全部適当だし」

「燈子が苦手なら俺がずっと作るから構わないよ」

「……甘やかしすぎてあとで困っても知らないから。ねえ、薫は食べないの？」

「幸せで腹いっぱいだから俺はいい。燈子、今日はもう泊まっていくだろう？　もう日付が回る」

そんな甘々なセリフを言いながら後ろから抱きすくめ、首筋に顔をすり寄せてくる。とても食べにくい。幸せなのは、私も同じだ。だから出てくる文句は、照れ隠しを兼ねている。

「……明日の朝、一度家に帰らせてくれるなら。デートの服も、あれ着ようかなとか色々考えてたんだからね」

「わかった。燈子の家に寄ってから出かけよう」

本当は、下着も新調してたんだけどね。レースの、ちょっと可愛いやつを。

だけどそれを言うと今夜は眠れなくなりそうなので、私は口を噤《つぐ》むことにした。

振り回された子供たちの細やかな復讐

肌を合わせる行為だけが、愛情を伝える術だとは思っていない。だけど、やはりこの行為は特別なものなのだと、経験してみるとそう感じた。

初めての夜を迎えたあと、確かな絆《きずな》のようなもので結ばれた気がする。もとから信頼はしていたけれど、もっと深いところで繋がっていると感じられるのは大きな安心感があった。

彼にとっても同じだったようだ。今思い返せば、それまでの彼は会えない日が何日も続くことを避けているように思えたし、心もとなさそうな表情も時々見た。

それが今は落ち着いて、穏やかな関係が続いている。

急に愛情表現が減ったとかそういうことではなくて、気持ちは言葉にするけれどそこにちらつく不安の影が消えた気がする。

ともかく、私たちの仲は順調だった。会う頻度は少し減ったけれど、週三、四はちょっと多かったんじゃないかなと思うし、きっとこれも普通に落ち着いた、ということだろう。

——はあ……かっこいい。

広い会議室に長机が横に二列後ろに四列並び、看護師と研修医が二十人超座っている。手元には今日の講義内容の資料があるが、内容は正面に設置された白いスクリーンにもプロジェクターで大きく映し出されていた。

その映像を時々手で示しながら、この場全体に向けて話し続けているのは何を隠そう、帝生製薬MRの弓木薫、私の恋人だ。

私の彼氏である。とても大事なことなので二度主張したい。

看護師向けの勉強会は八月に第一回目を実施することができ、話を聞いた四階の外科看護師からも希望者が出て人数が増えた。

今はまだシフト時間外での実施となっているが、実績を積めばきっと義務化して、業務の一環として行えるようになるのではないかと思う。

研修医の参加には時任先生が協力してくれて、今は一番前で薫と話している。

そういえば彼の恋の悩みだが、後日よければ雪ちゃんと一緒にと声をかけてみたが『その件はもういいかなー……』と言って、結局なんだったのかよくわかっていない。

薫ともまったく険悪になることもなかったので、そういうところは彼はさすがだなあと思った。

そして今が十月、第二回目の勉強会で、私は堂々とした振る舞いの彼を見て惚れ直しているところである。

本当にかっこいい。

「かっこいいー……」

二度目の呟きはうっかり声に出てしまい、隣の雪ちゃんから肘でつつかれた。

「ぽけっと見惚れてないで集中」

「……はい」

ちゃんと聞いてます。ひと言も漏らすことなく。だって、質問にも淀《よど》むことなく明解に答えられるところもかっこいいので、聞き逃すなんてできません。

勉強会が終わって、彼はしばらく研修医数人と話をしていた。その周りを少し遠巻きに、看護師の女の子が数人帰らずに様子を見ている。

薫が最初にこの医療センターに来た時ほどの盛り上がりはないけれど、未だに個人的に彼に声をかけようとする女性はいるようだ。最初の頃より幾分雰囲気の柔らかくなったところはあるが、そういう時の塩対応は今も健在なので大抵ひと言で追い払われている。

「それでは、これで失礼します」

機材の片づけも終え部屋の撤収が済んだところで、彼は待機していた看護師数人とは目も合わせずに、まっすぐ私のところへ歩いてきた。

「今井さん、次回のことでこの後少しご説明したいことがございまして」

私は勤務時間外ではあるものの、彼にとってここは取引先である。周囲の目を気にして仕事の用件があるように装った薫だったが、雪ちゃんが小さく噴き出して私の耳元でこそっと囁いた。

「どうせ皆もう知ってるんだから。堂々と一緒に帰ったらいいのに」

「雪ちゃん……」

もう周知の仲なのはわかっているのだが、それでもここは職場だ。気恥ずかしさからちらりと周囲を見て、それから薫を見る。背筋を伸ばして、外向きの笑顔を作った。

「承知いたしました」

やはり、職場で雪ちゃんの言うような行動を取るわけにはいかないだろう。

医療センターを出て、薫が手を繋いできたので握り返す。

「……ふふ。ちょっと恥ずかしいね」

「わざとらしかったか？」

「そうでもないと思うけど、みんなすでに知ってるのにってところが恥ずかしい」

私がそう言うと、彼はとても優しい笑顔で頷いた。それだけのことで、心が不思議と満たされて、温かくなる。これがきっと幸せというものなんだろうなと、ふたりでいる時間がより大切に思えてくる。

「燈子の誕生日、楽しみだな。どこに行きたいか考えた？」

「あー……うん。考えたけど、正直どこでもよくって」

もうすぐ私の三十歳の誕生日が来る。ふたり休みをとってあるのだが、どこに行きたいか、なにをしたいかが、なかなか私は決められないでいる。

「せっかくなんだから遠慮しないで言えよ。こんなことしてみたい、でもいい」

「それが……想像すればするほど、本当にどこでもいいかなってなっちゃうの。なんなら家でゆっくりでもいいんだよね」

せっかく彼が言ってくれているのだからと、初めは私もあれこれ雑誌を見たりインターネットで調べたりもしてみたのだ。

結果、興味を持ったところならどこでも楽しそう。

久しく行っていない遊園地、ちょっと都外に出て温泉地、夜景の綺麗な店でコース料理。少し前にテレビやインターネットで紹介されていたデジタルテクノロジーを駆使した体験型ミュージアム『チームディア』にも行ってみたい。

結局どれもこれも楽しそうで、いつかデートで行けたらいいなと思う。その中でどれを誕生日デートに、と思うと……特別な時間なら、ふたりきりでゆっくり過ごせるのが一番だというのが正直なところだ。

「……ご飯は、ちょっとだけいいものが食べたいな」

「うん」

「お酒もふたりで飲みたいけど、酔っぱらいたいわけじゃなくて」

「なるほど」

「それから、一緒にゆっくり過ごせる時間ができるだけ長い方がいい」

薫の、手を繋ぐ力が強くなる。見上げると、横顔がちょっと照れたように眉尻を下げていて耳が赤かった。

「……彼女の誕生日、しかも一緒に過ごすのが初めてとなったら、かなり気合入れないとなと思ったんだけどな」

「気合いらないよ。しんどくならないで、ふたりでいるのが一番」

ふたり、というのが最重要事項。それさえ守られればあとはなんだっていい。たとえば選んだレストランがあんまり好みじゃなかったり、行くつもりにしていたお店が急なお休みだったり、そんなアクシデントがあったって、それすら笑って話せるいい思い出にできる確信があった。

私の願い通り、彼はできる限り長い時間を一緒に過ごせるようにしてくれた。

仕事帰りになる前日の夜から会って、夜景の綺麗なホテルで夜を過ごす。零時になったと同時に「誕生日おめでとう」と言ってもらえたのは初めてのことで、くすぐったい思い出になった。たまたま真夜中まで起きていた友達がメッセージを送ってきてくれたことはあったけど、もちろんそれはノーカンだ。

翌朝はチェックアウトぎりぎりまでゆっくり過ごして、昼からは〝デートで行きたい場所リスト〟のひとつ『チームディア』へ。自分で描いた鳥の絵が空間を飛び回ったり、デジタルの生き物をスマホでつかまえたり、三十歳にもなってそれこそ学生の時のようにはしゃいでしまった。

今は、食事をして彼の部屋でまったりとした時間を過ごしている。先にお風呂を使わせてもらい、パジャマ姿でベッドのサイドテーブルに置いてある腕時計を手に取った。彼がプレゼントしてくれたものだ。華奢《きゃしゃ》なベルトの時計はホワイトが基調で、時計部分は縁《ふち》やブランドロゴが細めのゴールドであしらわれている。

「かわいー……」

薫からもらった、初めてのプレゼント。私の手の中できらきらとしていて、つけるのがもったいないくらいだ。そう言ったら薫には笑われてしまったけれど。

そりゃ、そのうちつけるのにも慣れてくるだろうけど、今は傷ひとつつかないか心配だしなんなら指紋だってつけたくない。

眺めながらため息をついていると、私のあとにお風呂を使っていた彼がパジャマ姿で寝室に入ってくる。私が時計に見惚れていることに気がついて、くすりと笑った。

「そんなに気に入ってもらえるなら、悩んだ甲斐《かい》があった」

隣に座って、私の肩に頭をのせる。同じシャンプーの匂いが漂ってきて、私は目を細めた。

「気に入るよ。薫が選んでくれたものならなんだって。私も薫の誕生日、お祝いしたかったなあ」

彼の誕生日は四月上旬で、再会する少し前に過ぎてしまっている。

「別にいいよ、俺の誕生日は」

「いや、よくないからね」

「どうせ毎年来るんだし」

「それは私の誕生日だって同じでしょ」

誰にも等しく、毎年一回やってくるのが誕生日だ。

「じゃあ、今日と同じ。俺のためにできるだけ長い時間一緒に過ごしてくれたらそれが一番いい」

そんな言葉と同時に、薫の腕が腰に巻きつく。そのまま後ろに引っ張られてぽふんとふたりでベッドに仰向けになった。

「わっ」

「……本当は」

落とさないように腕時計を宙に掲げていた私の手に、彼の大きな手が近づく。指が腕時計のベルトの部分に通って、私の手から取り上げた。

「時計じゃなくて、指輪にしようかと思った……」

取り上げた時計を少し眺めてから、彼は上半身を起き上がらせ私に覆いかぶさる。ベッドサイドにあるテーブルに時計を置いても、その体勢は変えず真上から私を見下ろした。

「指輪……」

「そう。でも、早すぎるかなと思って、それはクリスマスにすることにした。……言ってる意味、わかる？」

「えっ……」

意味深な言い方は、私が指輪と聞いて想像したことを指しているのだと示している。

「プロポーズしようと思ってたって意味だけど」

私の額にキスをしながらなのは、きっと目を合わせて言うのが照れくさいからだ。その気持ちはよくわかる。私も今、恥ずかしくて彼の目を見られそうにない。

「……別に、今日が指輪でもよかったよ」

「そう？」

「だって、早すぎるって言っても二か月しか変わんないじゃない」

「そうだな。待つっていってもこれ以上は延ばしたくなかったんだ、俺が」

私の手首を掴んでシーツの上に縫い留めると、彼はこれ以上の言葉は不要と私の唇を塞いだ。


ふと目を覚ますと、聞きなれたアラーム音が耳に届いた。隣でまだ眠っている薫を起こさないように腕だけ伸ばし、サイドテーブルにある自分のスマホを手に取る。アラームを止めて、画面にメッセージ通知が来ていることに気がついた。

【燈子、誕生日おめでとう】

【お祝いしたいから、近いうちに会わない？】

メッセージの送り主に眉根を寄せる。自分からはまず連絡を取ることはなく、こうして時々、気まぐれにメッセージを送ってくるのを生存確認程度に受け止めている。

母からのメッセージだった。


私たち、ふたりだけがいればそれでいいのに。

割り込んでくるしがらみが、過去が、私たちの邪魔をするような気がして、怖かった。だから、私たちの間で親の存在はほとんど口に出すことはない。

——もう二度と、振り回されない。

私たちは、ふたりで勝手に、幸せになるんだ。

案外トラウマだったのだと気づいた時―薫side―

燈子と付き合い始めた頃は、かなり舞い上がっていたように思う。なにせ告白直後は連絡先の交換すらうっかり忘れてしまったほどだ。

大人になった今なら、いくらでも連絡をつける方法は見つかる。

わかっていてもどうしても落ち着かなくて、翌日に理由をつけて彼女が勤める医療センターに出向いた。

ひと晩経って、冷静になってみれば、好きだったのは過去の話で今は違うかも、と彼女が我に返っていたら。

俺にとってはずっと昔から守りたくてできなかった女の子だ。大人になって強くなった彼女だからこそ惚れ直して、これからは絶対に俺が守りたかった。

今度こそ、手を離したりしない。

告白の言葉もあとから思えば中途半端だったような気がして、もう一度はっきりと『付き合ってほしい』と伝えた。

答えを聞くことが怖くて腕の中で抱きしめたまま告げた言葉に、頷いてくれた時にはうれしさのあまり力を入れすぎてしまった。

「俺、連絡しすぎか……？」

付き合うようになって、俺の頭の中は燈子一色になった。だがこれは仕方がないのではないだろうか。後悔ばかりでモノクロになっていた彼女との恋が、鮮やかに色づいていくようだった。

燈子、と呼んで照れたような笑みが返ってきた時、初めてキスをして一瞬すぎたからもう一度とねだられた時。

どんな反応であれ、彼女が返してくれるたびに、仕事一色だった世界が温かな色に塗り替えられる。

毎日でも声を聞きたかったし、本当なら顔も見たかった。燈子に呆れられるのは嫌だし、どことなく仕事中の俺を見る燈子の目が熱っぽい気がするので、仕事にも手を抜かないが。

なにより、自分の仕事が燈子の役に立てることは都合がよかった。思えば、最高の環境で再会できたように思う。

友人が新婚旅行から帰ってきたと連絡があったので、燈子と付き合うようになったことを報告した。燈子は燈子で幼馴染に連絡したと言っていたが、俺からもきちんと話しておくべきだと思ったのだ。

なにせ、披露宴でわざわざ気を回して隣の席にしてくれた。おかげで、友達の幸せをうれしそうに祝福する彼女を間近で見ることができた。

「毎日毎日、顔が見たくて仕方ないんだ」

『おお……だいぶ、はまってんな……まあ、そうなるんだろうなあ。その年で初恋なんだから、その顔面力で。信じらんねぇ』

友人は電話口の向こうでゲラゲラと大笑いしている。

「この年でじゃない。高校生の時からずっとなんだよ」

『重てぇ！　あんまり執着しすぎて引かれんなよ』

「それが今、一番の悩みだよ」

『素直すぎると心配になるな……常に冷静沈着で女のアピールに一切靡かなかったお前がこうなるなんてなあ』

浮かれるのと同時に、漠然とした不安を感じるようになったのは、いや、そのことに気がついたのはいつ頃だったか。燈子を信じていないわけじゃないのに、いつか目の前からいなくなるような錯覚がつきまとった。高校生のあの日の出来事は、案外根深いトラウマになっていたらしい。

女性と付き合うことが初めてだと正直に話して、彼女も初めてだと聞いてうれしかった。一から全部やり直せるのだと思えば、学生でなにもできなかった自分が上書きできる気がしたのだ。

そのくせ、自信も持てない。燈子と同じ空間で働く時任医師が、彼女に好意を持っているのではないかと思うと気が気ではなかった。

彼ならきっと、どんなこともスマートにリードする気がした。加えて研修医とはいえ、れっきとした医師だ。そんな男が、彼女のそばにいて妙に距離が近い。

嫉妬をしていると知られたくなくて、彼女には言わなかった。ただ純粋に会いたいという想いと、それ以上に膨らむ独占欲を満たすようにして彼女に会いに行った。

今思えば、よく引かれなかったし気づかれなかったと思う。

その嫉妬が的外れではなかったとわかったのは、初めて休みが重なって一日デートの約束をした、その前日のことだった。

どうせ明日には会えるのに、と燈子は呆れて笑うだろうか。そう思いながらそれでも呆れ顔で構わないから会いたくなって、医療センターの職員用出入り口近くで待っていた。

ふと聞こえてきた話し声の片方が燈子だと気がついた。相手が時任医師だということも。

嫌な予感がして、早足で声のする方へ向かう。目に飛び込んできたのは、手首を掴まれた燈子の姿だった。


燈子曰く、相談に乗ってほしいことがあったみたいだということだったが……そんなもの、ただの口実だろう。

もっと、警戒心を持ってほしい。燈子はどうしてか自分にそれほど魅力がないと思っているが、仕事中のきびきびとした姿は何度見ても綺麗だと思うし、オフの時の少し気の抜けた表情は可愛らしい。

いつ誰に惚れられたって不思議じゃない。そのことに気がつかない彼女に、わからせたいけど教えたくない。他の男からの恋情など、気づかなくていいとも思う。心のひと欠片だって渡したくはないからだ。

誰にも奪わせない。

独占欲が止められなくなったその夜、彼女はすべてを差し出してくれた。

彼女のすべてを独占したくて、強引にベッドまで連れ込んだのに、肌に触れるとまるで自分の方が甘やかされているような気持ちになる。目を閉じて俺の手に感じてくれているだけで、許されているように思えた。

結局のところ、男などどれだけ強気に出たとして、好きな女が自分を受け入れてくれなければなにもできはしないのだ。

嫌われたくはない、愛されたいから。


肌を合わせて抱き合って、そんな夜を何度も過ごすうちに漠然とした不安はいつのまにか癒《い》やされていた。体の欲などこれまであまり考えたこともなかった。だが、身体をたったひとりの想いを通わせた相手に委ね抱き合う行為は、心のどこか深いところで確かな繋がりをつくるのだと知った。

だからこそ、浮気や不倫はするべきではないのだとも。想いを通わせた相手だからこそ、許される行為だと改めて思う。

燈子と心の繋がり以上のものを得て、独占欲や衝動が落ち着いた頃。

八月の盆休み、父親から電話があった。

『久しぶりだな。元気にやってるのか？』

「まあ。あ、転職した」

『は？　お前、そういうことはちゃんと報告しなさい。心配するだろう』

大学から自立したが、こうして時々連絡は来る。燈子の母親とのことは、親父の言い訳を信じられなかったあの日以降、お互い触れないままだ。

燈子と再会したことを話そうかと一瞬迷って、やめた。いつか結婚する時、一度は向き合わなければならないかもしれない。だが、それを決めるのは燈子と俺のふたりで、だ。

燈子は、親のことをあまり話したがらない。軽く触れることはあるが、必要以上に絡むことは避けているようだった。彼女の立場なら致し方ないことだと感じる。

燈子が望むように、このままふたりだけの世界で、余計なしがらみとは関わりを持たなくてもいいと思った。

誕生日の後くらいからだろうか。当日はいつもと変わらなかったから、やはりそれ以降だろうと思う。

漠然とだが、彼女の様子がおかしいように感じられた。付き合い始めの頃の、俺のようだと思う。

「えっ、そうなの……」

「ああ、担当が代わったばかりだったから、顔繋ぎと信頼関係構築の意味でこれまでは来てたんだけどな。あんまりＭＲが頻繁に顔出すのもいい顔はされないんだ。前の担当はそうだったんじゃないか？」

「そういえば、そうだったかも？」

デートの最中、食事をしながら仕事の話になった時のことだ。病院を訪れる回数は、来年から急激に減ることになると彼女に告げると寂しそうにため息をついた。

そんな姿を見ると撤回したくなってしまうが……そうもいかないのが現実だ。ひと昔前は営業、接待がＭＲの仕事に重くのしかかっていた。中には心付けなんかも横行していたと聞くが、十年ほど前にＭＲによる病院への過剰な接待が禁止された。

以降、病院側は不要不急のＭＲの病院への立ち入りを禁止するところも増えた。

そうなると、既存の取引先への営業活動は楽になったかもしれないが、極端に難しくなるのが新規開拓だ。自社製品をアピールしたくとも、まず医師に面会することが大きな難関となっている。

既存の取引先の信頼を失うのも痛手が大きく、気は抜けない。

中には仕事とは直接関わりのない人間関係から攻めて、伝手を作ろうとする者もいる。そうなると、悪質なやり方をするMRが出てくることもあった。前の会社を辞めようと思ったきっかけはそれも理由のひとつだ。やたらとライバル視してくる先輩がそのタイプだった。

「勉強会のこともあるから、東央総合医療センターにはまだしばらくは行くよ」

「でも、それもそのうちウェブ講義に切り替わるのよね?」

看護師や研修医に向けての勉強会は、参加人数が定着するまでは対面で実施して必要性を認識してもらいたいと考えていた。最初から『ウェブで講義もしておりますのでぜひ』と言ったところで、興味もないのに利用する人間は少ない。

俺としても、直接病院を訪れる機会は極力減らしたくはないのだが……便利に、スマート化する方法を伝えるのもまた、情報供給のひとつなのだ。

「……燈子は、何が心配?」

「え?」

不安そうに瞳を揺らす彼女の顔を覗き込む。

「最近、時々不安そうに見える。ごめん、上手く察せられる人間ならよかったんだけど、俺にはわからない。不安があるなら、教えてほしい」

そう言いながら、彼女の左手を握る。すると、彼女はきょとんとした表情で、空いている右手で自分の頬を確かめるように撫でた。

「え、そうかな？　自分ではよくわかんない……」

「なんでもいいんだ。ちょっと気になる程度のことでも、しょうもないような愚痴でもなんでも」

「えええーっ」

笑いながらしばらく考えるそぶりを見せたが、やがて柔らかく微笑んでみせた。

「特に。なにもないよ。でも、薫が心配してくれるのはすごくうれしい」

ありがとう、とその笑顔は嘘偽りなくうれしそうで、そんな表情を見ればこちらもほっとする。本当に気のせいなら、俺がただ心配性なだけならそれでいいのだが。

「もうすぐクリスマスだな」

「うん。……ごめんね、イブ争奪戦、負けちゃって」

クリスマスイブだからといって、病棟を空にはできないのが燈子の職種だ。夜勤、準夜勤の人数を減らすことも当然ない。休日、日勤希望で取り合いになるので、この日はシフトを調整している看護師長の独断で決まるらしい。逆に『出勤します』の声があれば無条件で通る。もちろん日勤か休日を希望していた燈子だが、残念ながら夜勤になった。これぱっかりは、仕方がない。

燈子とは前日の二十三日に会う約束をした。指輪はすでに用意してある。プロポーズをするつもりだということは、彼女も当然覚えているはずだ。

手の中にある彼女の左手の甲を、親指で撫でる。薬指を指先でたどりながら、ここに俺が選んだ指輪がつけられるところを、今から想像してしまう。

きっと似合うはずだ。自分でも怖いくらいの執着と独占欲だが、もちろん想い合ってのこと、愛情ゆえだ。

このどろどろの愛情が、彼女の憂いを全部晴らせたらいいのに。

「楽しみだな」

「うん」

「当然、泊まりだからな」

照れてほんのりと染まる彼女の頬。

燈子の全部が、愛おしい。

だからこそ、どうすれば彼女が心から安心できるのか、それぱかりを考えている。

家の燈

クリスマスイブ……それは恋人たちにとって欠かせないイベントではないだろうか。

「いやいや。既婚者でも子供がいたらクリスマスは絶対休みもしくは日勤を勝ち取りたい」

そう言ったのは柳川瀬さんだ。確かに……子供のクリスマスを取り上げることになるのは大人げない……いくら今年の私たちが恋人と過ごす初のクリスマスだったとしても、プロポーズの予告を受けていたとしても、だ。

「うう……もしも私が日勤か休日だったら、柳川瀬さんに譲ります……」

「なに言ってんの、みんな平等、運ゲーだから」

看護師長はこういう希望者が殺到する日のシフトはあみだくじで決めるらしい。悩む意味がないからだとか。だからまさしく、運ゲーである。

「その時は子供に言い聞かせるから大丈夫よ。遅れるより前倒しでやったら逆に喜ぶしね」

そんな会話をした数日後、シフト表が出来上がった。私は、運ゲーに大敗した。

よりにもよって夜勤である。

クリスマスデートはイブの前日の二十三日に決まり、翌日は私が夜勤、薫は仕事なので、夜は彼の部屋に泊まることになった。

私は夜勤調整のため、深夜過ぎまで頑張って起きて、昼過ぎまで寝ておかなければならない。

そのことを伝えると、薫は。

「いいな。燈子に、今夜は寝かせないとか言われそう」

そんなことを言いながら笑っていた。

再会した時はどっちも初めて同士、恋愛初心者だった私たちだが、こんな冗談が言えるようになったんだなと月日を感じた。

というより、私たちの付き合い方はかなり濃密なのだと思う。雪ちゃんにも言われたし、交際報告をした幼馴染にも言われた。

『え、そんなに会ってて疲れない？』

全然疲れないし、会えない日が続く時は声だけでも聞けないと寂しくなる。

そんな時、ふと不安になる。もしかして私、彼にかなり依存しているのではないだろうか、と。

依存という言葉で思い浮かぶのは、いつも金切り声をあげていた母親だ。今思えば父の浮気をもっと昔から知っていて、だからいつも電話のあとにキレたり機嫌が悪かったりしたのかもしれない。挙げ句、寂しさに耐えかねて隣人に……薫のお父さんに今度は依存したのだ。

大丈夫、あんな風にはならない。

世の中には反面教師という言葉があるくらいだし！

こんなことを、いちいち考えるようになったのは誕生日以降、母親がちょくちょく連絡を寄こすようになったからだ。

一度会いたい、という申し出を多忙を理由に断った。その時はすぐに納得したのに、じゃあ別の日にと言われ続け、それをのらりくらりとかわしたまま年末年始に突入しそうだった。

年末年始だからといって大型連休になる職種ではないことが今、ありがたい。別に一生会わないと言っているわけではないのだから、少しくらい待ってくれてもいいんじゃないかと思うのだが。

昔の母の顔がチラつく今は、とにかく会いたくなかった。

クリスマスデート当日は、昼は薫の家でゆっくり過ごして、夕方からイルミネーションを見に電車で東京にできたばかりの複合商業施設へ向かった。この日、彼は仕事の予定だったが調整してくれたらしい。彼曰く、MRの仕事は自分である程度スケジュールが立てられるので、時間に融通が利くのだとか。

日が明るいうちは、施設内のクリスマス装飾を楽しみながら散歩した。日が落ちてイルミネーションが点灯した頃、ガーデンエリアへと足を向ける。

「わあ……！」

無数の光で溢れた空間が広がっていた。

「燈子、イルミネーションばかり見ていたら危ない。手、貸して」

「うん……」

答えながらも、目はイルミネーションに釘付けだった。差し出された手が、温かい手に包まれてすっぽりと彼のコートのポケットに入れられる。光の中を歩いていくと、しゃぼん玉がふわふわと舞うエリアがあり、それは幻想的だった。

「今まで、こんなにゆっくりイルミネーション見たことなかったかも。せっかく東京にいるのにね」

「そういや、俺もかな」

「通りすがりとか、買い物の途中でちょっと、ってくらいはあったかもだけど。あんまり印象に残ってないってことはそういうことだよねえ」

もったいなかったかな、と思う分、初めてデートでゆっくりと見るイルミネーションが薫と一緒でよかったとも思う。

「イルミネーションって、結構あちこちでやってるよなあ」

「来年はどこのイルミネーションにしよ？」

「もう来年の話？　そうだなあ、毎年どこかのイルミネーションを見に行くのもいいかもな」

来年以降の話ができることはうれしい。ずっと未来も一緒にいる約束ができたようで、安心する。

彼は不誠実な人ではないと知っているのに、そんなこと関係なくお構いなしに湧いてくる不安はなんなのだろう。

「燈子？」

不思議そうに名前を呼ばれてはっとする。いつのまにかぼんやりと考え事をしていたらしい。

「どうかしたか？」

「なんでもない。今、すっごく可愛い子がいていいなあって」

「へえ……可愛い子？　かっこいい男ではなく？」

「違います。可愛い子です」

本当はどっちも存在しないけど、話が逸れたのでそのまま会話を膨らませることにする。

「あんなに可愛かったらモテるんだろうなーって。恋愛に悩むこともないのかなあ」

別にそんなことはないだろうに、この言い方ではまるでひがんでいるみたいだなとちょっと後悔した。

「そうか？　恋愛に顔は関係ないだろ。結局中身だよ、惹かれるのは」

「ああ、それはわかる。顔なら見つめるだけで十分だもんね」

「……俺は見つめもしないけど」

「ほんとに？　綺麗な人とすれ違っても？　電車で向かいにめちゃ可愛い子が座ってても？」

「あまり気づかないな、そういうのは。ああ、でも燈子のことはずっと見てられる」

薫は、優しい。このところ、私がいちいち何かで思い悩むことに彼は気づいている。

だから敢えて、彼はこんな風に全部を言葉にして伝えてくれる。

「……素でそんな恥ずかしいこと言わないでよ」

頭を彼にもたせかけると背の高い彼の肩辺りにぶつかる。耳元で囁こうと思えば、少し背伸びをしても足りない。だから腕を引っ張って、彼に少しかがんでもらった。

「私も、薫のことはずっと見ちゃうけどね」

私がそう言うと、彼は一瞬黙って頬を赤らめた。

「そのまま、ずっと見といてくれていいよ」

まんざらでもない表情が、ちょっといつもより幼く見えて可愛いと思ってしまった。


夕食のフレンチレストランで、彼は個室を用意してくれていた。窓から見えるイルミネーションが綺麗で、室内にもクリスマスリースやキャンドルなどロマンティックな装飾が施されている。

クリスマスディナーを前にスパークリングワインで乾杯をする。この頃から、少しそわそわしてしまっていた。プロポーズをしてくれるとわかっているというのは、心の準備ができる分、別の意味で落ち着かない気持ちになる。

お料理はどれも美味しくて、ラストのデザートが来た時にはすでにお腹がいっぱいだったがクリスマス仕様に飾られたプレートを見るとそれはそれで食べられる気になるから不思議だ。

食べるのがもったいない、とプレートを眺めていた時だった。

「燈子」

真剣な声に顔を上げる。彼の表情も声と同様に真剣で、どことなく緊張しているようにも見えた。デザートに気を取られてどこかに行っていた緊張が帰ってくる。

彼の手にはいつのまにか、手のひらにおさまるくらいの小さなアクセサリーケースがあった。

「これ、受け取ってほしい」

差し出された四角い箱を受け取る。緊張で震える指先でそっと蓋を開けると、中には約束した指輪が入っていた。

「……可愛い」

中央の楕円形の石は、透明感はあるものの夕焼けや灯のような暖かみのあるオレンジ色をしていた。その石を挟んで両サイドに無色透明の小さな石があしらわれている。

「俺、燈子の名前、好きなんだ」

「え？」

「〝燈〟って暗い中帰ってたどり着いた、家の燈《あかり》みたいなそんなイメージがある。だから、オレンジ色の石は燈子そのものだ。絶対に似合うと思った」

彼の言葉は、本当にこの石が私にふさわしいような気持ちにしてくれた。私だけの、唯一の、彼が選んでくれた宝石。

今日、プロポーズしてくれるとわかっていたのに、心の準備はしていたはずなのに目の奥がジンと熱くなっていく。

「燈子、結婚しよう。俺、毎日お前がいるところに帰りたい」

この言葉に、涙腺は決壊して涙が零れ落ちてしまった。俯いて、指輪のケースに額をつけて顔を隠す。

「燈子」

「うん……」

「結婚しよう」

ずずっと鼻をすすってしまう。返事をしない私に、薫はさらに言葉を重ねてくる。

「はいって返事するまで何度でも言うからな」

その言葉に、思わず笑ってしまった。涙はちっとも止まらないのに、笑かしてくるのだから困ってしまう。

「返事は一択なの？」

「そうだよ。納得いく返事がもらえるまで俺は続けるからな」

「なに、その逃げ場のないプロポーズ」

「逃がす気がないからな。……なあ、なにが不安？　言って」

彼の言葉に不安があるわけじゃない。私だって、プロポーズの予告をされてからこの日をずっと待っていた。

「不安じゃないよ、うれしくて。薫が、私の名前をそんな風に言ってくれて……泣けちゃうよ、そんなの」

涙を拭いながら顔を上げる。だけどすぐ、彼の言葉を反芻《はんすう》すると涙が零れてくる。

「私、薫の家になれるかな。ちゃんと、私のとこに帰ってきてくれる？」

どうしても、それだけは不安になる。心もとなく、声は震えた。

『お父さんはね、別の家に帰っちゃったのよ』

誰も帰らないのに灯る燈の寂しさを、私は知っている。

お母さんはそれで壊れてしまったから。

「帰るよ。俺が帰るのは燈子のとこだけ。不安なら一生かけて証明してやる」

彼が、私の手から指輪の箱を取って中の指輪を手にする。それを私の左手の薬指に、ゆっくりとはめてくれた。ひんやりとした金属の感触なのに、どうしてか心の奥が熱くなる。

「まだ返事してないのに」

「したようなものだろう」

「……そうなんだけど」

もう一度涙の名残を指で拭って、私はバッグの中から指輪のケースよりもひと回り大きいケースを取り出した。

「これ、私から……薫にクリスマスプレゼント」

「……開けていい？」

もちろん、と頷いた。ケースにリボンを結んであるだけのそれは、すぐに中を開くことができる。

中身は、私が誕生日にもらったものと同じブランドの腕時計だ。彼が今日プロポーズをしてくれるなら私もそれに見合った、意味のあるものを贈りたかった。

「これからずっと、あなたと同じ時を生きたいです」

がたりと音をさせて彼が席を立つ。テーブルを回って私のところまで来ると、腕を取ってやや強引に立たされた。

そのまま、ぎゅっと強く抱きしめられる。

「幸せにする」

「うん、私も、幸せにする」

ふたりでいればきっと、なにがあっても大丈夫。

燈子のトラウマ

プロポーズを受けると、ふたりの会話が具体的な近い将来の話になるのは至極当然のことだ。

一番に気になったのが一緒に住み始める時期についてなのは、私も薫も同じだった。

幼馴染の結婚式を見て感動したし、やりたい気持ちはあるけれど準備に時間がかかる。

それを待ってからよりも一刻も早く生活を共にしたかった。

どっちかの家に住むなら話は早いけど、新居を探すならふたりの仕事にとっていい場所を決めなくてはいけない。

職場への報告、入籍時期、諸々。

話し合っている途中で、薫がふと呟いた。

「……まず、家の鍵を渡していいか？　いつ来てもいいから」

新居を探すにしても、すぐには無理だ。私たちはお互いの家の鍵を渡し合った。

少し仕事が落ち着いてから同棲準備を始めようということになり、それまではお互いが都合のいい時に家を行き来することにした。

将来の話で、どうしても避けて通れないのが親の話だ。

「燈子は、お母さんとはあまり会ってないんだよな？」

「たまには会うよ。でもカフェでお茶するくらいかな……もうあんまり干渉されたくないし。結婚も事後報告でいいかなって」

本当は、誕生日以降ずっと会いたいと言われているが、どうしても会いたくない。薫のことを話したくなかった。結婚するなら話すべきだと思うけれど、母に関わらせるのが彼に申し訳ない気持ちになる。

どこか早口で言い切った私の言葉に、薫はしばらく考え込んでいたけれど。

「……俺は、父親に近いうちに話そうと思ってる」

「そ、そう」

「相手が燈子だってことも。何か言われても結婚する意志は変わらないけど、親父はなにも言わないし祝福してくれると思う。でも、燈子が親父に会うことは強制しないから」

今までずっと避けてきた。お互いの親を、完全に蚊帳の外にすることはやっぱりできないのかと、私は彼の言葉にすぐに反応することができなかった。

薫は、お父さんと仲がよかったし、助け合って生活していた。だからきっと、私とお母さんの間にはない絆があるんだと思う。

私は今となってはもう、機嫌が悪い時の母の顔や金切り声しか思い出せないのだ。

それなのに、薫のお父さんに見せた〝女の顔〟が生理的に受けつけない。

最近になって落ち着いてきたのか、たまに会うだけだからなのか。やたらと、こちらの顔色をうかがうような態度も鼻について仕方がない。

「……薫は、それでいいと思う。私は、ちょっと考える、かな」

曖昧《あいまい》にして笑ってその話を終わらせる。以降、薫もその話題には触れなかった。


お正月の三日間は、ずっと彼は私の家にいてプチ同棲気分を味わえた。私は全部休みというわけにはいかなかったけれど、家に帰れば薫がいる。少し狭いベッドで一緒に眠るのも、窮屈だけど楽しかった。

そうして年末年始が過ぎて、一月も中旬に差しかかる頃。薫が急速に忙しくなり、会えない日が続いた。彼の会社の製品で処方ミスがあったのだ。

彼の担当する病院ではなかったようだが、ミスについての調査と情報収集、その提供に彼は追われているらしい。ミスがあった病院への情報提供が適切に行われていたかも問題になっているようで、各自が担当する医療機関に改めての情報提供を呼びかけている。そこは、薫はこれまで面会を断られていた病院へ接触するチャンスだとも考えているようだ。

東央総合医療センターにも来たらしいけれど、私は会えていない。メッセージだけは毎日欠かさずくれる。それも、私が出勤する時間や帰るタイミング、休みの日をちゃんと把握して送ってきてくれるのがすごい。

「弓木さんはマメなのねぇ」

職員食堂で雪ちゃんを見つけ、一緒に昼食をとりながら話をしていた。色々話を聞いてもらったこともあり、プロポーズをしてもらったことはメッセージで報告していたが、会って話すのは今が初めてだった。

「……私も結構レスポンス早いし多いんだけど、やっぱり異常かな？」

「ええ？　別に個人差じゃない？　お互いがそれで納得してたら」

「まあ……薫も早いし多いし、じゃあそれでいいのかな」

「そのうち、ぜーったい自然にしなくなるか、どっちかが飽きて急にペース落ちると思うけどね」

「え、嫌だ。そんな怖いこと言わないで」

「あのねえ」

雪ちゃんが呆れたように肩をすくめる。

「人間、全部が全部、がっちり合うなんてことはないのよ。生きてく上でどっちかが変わることだってあるし」

「ど、どうしてそんな不吉なことを今ここで……」

職員食堂で言われても、もうすぐ昼休憩が終わる時間だ。相談に乗ってもらう時間もないのに。

「話振ったのは燈子でしょ。人間ねえ、変わらないなんてないの。変わっていく中でお互い想い合っていけるように、相手の好きなとこを探したり歩み寄ったりできる人間が一番強いのよ」

――変わらないものなんてない。

その言葉が、なぜか心の奥に強く残った。

よくも悪くも、その言葉は今の私に大切なことのような気がした。

変わらないものはないし、私が変わらなければいけない時もある。

「えっ⁉　副看護師長候補？　私がですか？」

看護師長に呼ばれて部屋に行くと、来年度の人事の打診をされた。

「どうして驚くの？　最初からその話で五階に来てもらったんだけど」

驚いて聞くと、逆に看護師長に聞き返されてしまう。

「そうだったんですか？　私はなにも……」

「まだ内密だけど、私が来年度から副総看護師長に内定してるのよ。それで今の五階副看護師長に私の立場になってもらって、次の副看護師長を探してたら笹井先生があなたを推薦してくれたのよ」

副総看護師長、というのはこの医療センター全体の看護師のトップである総看護師長の次の地位にあたる人だ。つまり看護師長は来年度出世して、五階からいなくなってしまうということである。

笹井先生……なんにも聞いてないんですが!?

話したつもりになっていたんだろうか？　確かに、やる気のある看護師を連れてきたいみたいな感じで誘われたが、主任の肩書きをもらえたのでそれで十分だと私は思っていた。

「でも、他にふさわしい人はいると思いますが。私は主任になったばかりですし」

「まあね、柳川瀬さんなんかそろそろ上がってほしいんだけど……お子さんがいるとね。心理的負担にもなるしもう少し手が離れるまでは子育てに専念したいと言われてしまって。あなたには勉強会を主導して実績ができたし周りも特に反対しないと思うわよ」

中川さん辺りはぶーぶー嫌みを言いそうだけれども。

「とにかくそういうことなの。別に勤務形態が大きく変わるわけではないし、心配はしなくて大丈夫よ。ただちょっと……」

「ちょっと……なんですか？」

「書類仕事が増えるのと、たまに師長に代わって会議に出てもらったり、それくらいかしら」

「ひえ……承知いたしました」

「何か聞いておいた方がいい事情とかある？」

「あ……そうですね。実は結婚を考えていまして……」

これは、早めに報告しておくべきかと伝えることにした。

「まだ具体的なことはなにも決まってないのですが、そう遠くないうちにと考えています」

「あらあら。帝生製薬の彼よね？　おめでとう」

「ありがとうございます」

「まあ、じゃあちょっと四月五月は大変かもしれないわね。すぐに慣れると思うけど」

「そこは、また彼とよく相談します」

「そうしてね」

なんと、来年度の昇進が決まってしまった。

看護師長室を出てナースステーションに戻ると、丸椅子を引き寄せてパソコンの前に座る。

師長の言う通り、年齢や経験から柳川瀬さんを推したかったのも本音だろう。だけど、彼女は復職したとはいえまだまだ子育て中でもある。

うれしいやら、複雑やら、だ。結婚しても仕事は続けていきたいと思っているが、このタイミングで昇進となると薫にも色々と負担をかけてしまいそうだ。


その日は日勤だったので、薫に連絡を入れて彼のマンションに行くことにした。仕事で遅くなりそうとのことだったので、温めるだけの料理をいくつか買ってからお邪魔する。

合鍵の初めての出番である。なんだかんだ、留守の時に入るのは気が引けて今まで使わないままだったのだ。本当は夕食を作って待っていようかと思ったけれど、何時になるかわからない様子だったのでやめておいた。

「……遅いなあ」

薫の部屋で待っているが、なかなか帰ってこなかった。

先に夕食を食べて、彼の分はお皿に移して、また待つ。テレビはつけているが惰性で見ているようなもので、あんまり頭には入ってこない。

……会いたくて来ちゃったけど、忙しいのに迷惑だったかも。

いつでも来ていいと言ってくれたけれど、無意味に待つことは避けた方がいいような気がしてきた。今日の昇進の話をしたかったけれど、別に急ぐこともないのだ。

彼が帰ってきたのは深夜近くになってからだった。ソファでうっかりうたたねしかけていて、物音で目が覚めた。

「薫、おかえりなさい」

「燈子、ごめん。遅くなった」

スーツの上着を脱ぎソファにポンと放った彼は、ぐったりとした様子でダイニングテーブルの椅子に座った。目元に疲れが滲み出ている。

「お疲れ様。ごめんね、忙しいのに」

「いや、いつでも来ていいって言ったのは俺だし……ごめん、飯用意してくれてたんだな」

テーブルの上にラップをされた料理が並んでいるのを見て、はっと顔を上げた。

「作ったわけじゃないし、私のを買ったついでだから。もう食べてきちゃったよね？」

「ああ……連絡すればよかったな。これから気をつける」

「私も聞かずに買っちゃったから。鍵開けて帰りを待つのって、初めてだからちょっと緊張したよ」

「俺も。家で誰かが待ってるって初めてだからちょっとそわそわした。……あ、これうまそう。これ食べてもいい？」

彼の視線の先にはエビマヨのサラダが入った小鉢がある。

「いいよ。お箸どうぞ、他のは冷蔵庫入れとくね」

小鉢のラップを外し、お店でもらった割り箸を彼に渡す。他のお皿を持ってキッチンへ向かい冷蔵庫に入れると、温かいお茶をふたつ用意してテーブルに戻った。

お茶のカップを彼の前に置きながら話しかけた。

「こんなに遅くまで仕事になることもあるんだね」

「うん、まあ」

少し歯切れの悪い返事に感じて、私は首を傾げる。

「薫？」

「ところで、燈子は今日なんかあった？　何か話したくて来たんじゃなかった？」

ほんの少し、話を逸らされた気がした。だけど、そこをわざわざ追及するのも疲れている彼に悪い気がしてなにも言わなかった。子供の頃、母がよく父親にキレていた姿が一瞬頭をよぎったからだ。いつ電話しても出ないとか、大型連休には帰ると言ったくせに帰らなかったとか理由は色々で。それと同じだとは思わないのに、追及する姿が自分と重なってしまう。

そんなこと言ってたら、私は彼になにも聞けなくなるのだけど。

「燈子？」

「……あ。うん。……実はね」

今日の看護師長との話をした。副師長に抜擢されるのはうれしいけれど、四月頃から慣れるまでがどれくらい大変になるかわからなくて、少し不安だということも伝える。

「一緒に住む時期をずらしたりは嫌なんだけど……でもそれで薫に負担かけるわけにもいかないし」

一緒に住み始めていきなり私が仕事で忙しくなったら、余裕のないところを見せてしまいそうで不安になる。

「負担って？　家のことなら、気にしなくてもいいんじゃないか。別に、どっちも働いてるんだし片方がしんどい時はもう片方が負担を増やす。俺がしんどい時もこれからきっとあるよ」

「そっか……そうだよね。助け合えばなんとかなるよね」

「……それが、夫婦、だと思うし。あんまり心配しすぎるなよ」

『夫婦』のところで、照れたのか少しどもった。私にもその照れが伝染して、口元が緩んでしまいそうになる。片手で口元を隠して「うん」と頷いた。

翌朝の朝食は、少し早起きをして私が作った。いつもは私も彼もトーストのみや、せいぜい目玉焼きやカップスープだけのことが多い。だからふたりの時くらいはメニューを増やすようにしている。今日は冷蔵庫の中身も少なく、ありもの野菜で作ったお味噌汁とだし巻き卵だけになってしまったが。

彼はだし巻き卵が好きなので、近頃練習するようにしている。ふわふわぷるぷるに仕上げるためにだしの量を結構入れないといけないとレシピを見て初めて知った。

仕事に行く彼を見送るために、一緒に玄関先へ向かう。

「いってらっしゃい」

「いってきます……いいな、早く一緒に住もう。もう身ひとつでいいからうちに来る？」

「……そうしようかな。準夜勤の時はどうせ帰りはタクシーだし……ちょっと距離が長くなるけど」

「俺が車で迎えに行ってもいいよ」

「それはダメ。翌日薫が仕事だったら負担が大きくなるでしょ」

準夜勤は深夜零時を回る。そんな時間に車を出させるのを習慣にはできない。

「でも、考えてみるね」

「ん。じゃあ」

彼が腰をかがめてきたので、目を閉じてキスを受け止める。軽く啄むだけのキスの後、薫はうれしそうに目を細めてから私の頭を撫で、出かけていった。

朝食の後片づけを済ませたあとは、掃除をしてからお暇《いとま》するつもりでいた。けれど、突然スマホにかかってきた電話に、それどころではなくなった。

「えっ……事故？」

母が、事故にあって病院に運ばれたという連絡だった。

母が住む町は、私の家から電車で一時間ほど離れたところにある。事故にあったのもその近辺らしく、すぐ近くの病院に運ばれていた。

病院で待機してくれていた警察の話を聞くと、右折する車が急に目の前を通って驚いて転倒し、頭を打ったという。診てくれた医師の話では、額に切り傷がある程度だが、頭を打ってふらついていることもあり、一日入院することになった。

「……お母さん」

病室を訪ねると、母がベッドの上で横になっていた。

「燈子……！」

母は私の顔を見ると、ぱっと表情を輝かせた。年齢のわりに若々しく見える顔立ちだ。いつも長い髪を下ろしているのだが、今日は首のところでひとつにまとめている。

額にはガーゼが当ててあり、頭ごとネットで留めていた。

上布団をどけて起き上がろうとするので、慌てて手で制する。

「ダメ、寝てて。頭打ったんでしょ？」

「そうなのよ、縁石っていうの？　その角にぶつけたみたいで……」

母の肩を手で押してベッドに寝かせると、捲れていた掛け布団をかけた。ベッドのそばに置かれている丸椅子を母の顔の近くまで持ってきて座る。

「CT検査は異常なかったみたいだし、よかったけど……気をつけてね。気持ち悪くなったりしたらすぐに看護師に伝えて」

「そうね、わかった。看護師さんの言うことはちゃんと聞かないとね」

心なしかうれしそうで、少し呆れてしまう。だが、ずっと会うのを避けていたからかと気がつけば、すぐに気まずさに変わった。

今の母には、私が子供の頃に見た神経質そうな雰囲気も険しい表情もない。いつ頃からか、母はこんな風になった。最初の頃は、その猫撫で声が媚びのようで受けつけることができなかった。

それは、私の感情からくるものなのか、誰から見てもそうなのかわからないが。

「心配かけて悪かったけど、燈子の顔が見れてよかったわ」

「いいわけないでしょ？　それより書類貸して。家族が書かないといけないのあるでしょ。これ？」

備え付けの簡易テーブルに置かれている書類を確認する。

そのまま必要箇所に記入しながら、母に問いかけた。

「何か必要なものはある？　多分明日には帰れるみたいだけど、迎えに来ようか？

車はないからタクシーになっちゃうけど」

明日は仕事の予定だが、急遽休みを取ることも可能だ。念のため、ここに来る途中で看護師長には一報を入れてある。

「あ……それなら、大丈夫」

「そう？」

「うん、あのね。迎えに来てくれる人がいるから」

「え、誰？」

離婚してから母はずっとひとり暮らしで、迎えに来るような関係性の人間はいないはずだった。

書類を書き終えて顔を上げる。その時、ノックの音がして病室の引き戸が開いた。そちらを見れば、五十代くらいのやせ形の男性がいて、戸惑ったように私と母を交互に見ている。病院関係者かと思ったが、服装からそうではないとすぐに思い直した。

誰だろうか、尋ねようと口を開きかけた時。

「祐司《ゆうじ》さん！」

「あ、ああ。暁子《きょうこ》さん、大変だったね。大丈夫？」

男性は、声をかけられてほっとしたようにベッドのそばまで近づいてくる。暁子、は母の名前だ。随分親密そうな雰囲気に嫌な予感がした。

「燈子、こちらね。小山《こやま》祐司さん。今の職場でよくしてもらってて……」

「小山です。暁子さんの娘さんですよね、はじめまして」

「……はじめまして。母がお世話になっております」

互いに軽く会釈をする。小山さんは母に近づくと、手に持っていた紙袋を母に手渡した。

「これ、頼まれたもの。こんなんでよかった？」

「ありがとう。大体は病院でレンタルするか購入できるみたいだから……明日退院する時の着替えだけあれば大丈夫。転倒した時に服が汚れちゃったから、着替えが欲しかったのよ」

ふたりの親密度がわかるような会話を聞いて、私は丸椅子から立ち上がりベッドから一歩後ずさる。着替えを取りに行ってもらうような関係で、母の頬が染まったうれしそうな表情を見れば一目瞭然だった。

「あ、あのね。……ずっと紹介したかったんだけど、最近燈子忙しいみたいだったから、どうしようかと思ってて」

「ああ……うん。ごめんね、私も忙しくて」

「結婚したいと思ってるの」

「そうなんだ」

手に持っていたバッグを肩にかけ直し、私は微笑む。照れた母の表情に、胸の奥がモヤモヤした。小山さん、というらしいその男性は、結婚を決めた相手の娘に紹介されて緊張しているのがわかる。それでも口元はうれしそうだ。

娘といっても小さな子ではなくもう十分大人だ。だから、緊張はしても、きっと反対されることはないと思っているのだろう。

――反対はしないけど。

「半年くらい前から一緒に暮らしてるのよ。それでね、顔合わせはこんな形になってしまったけど、今度ゆっくり――」

「よかったじゃない。おめでとうございます」

母の言葉を強引に遮る。私の気持ちに、少しも気づかない母に深く失望していた。

「じゃあ、私は帰るね。明日も特に迎えはいらないみたいだし」

「ま、待って、燈子！」

「お母さんが結婚したら、こういう時に私が来る必要なくなるね」

――そうだよ、そう思えばいい。

にっこり笑って言うと、母が泣きそうな顔になる。顔をしかめてしまいそうになり、私は男性の方へと向き直った。小山さんは、驚いた顔でまた私と母を順に見ていた。

きっと、母から昔のことなんて聞かされていないんだろう。

「母と共にいてくださる方がいるなんて、安心しました。ありがとうございます」

「あ……いや、こちらこそ。ごめんね、急に驚いたんじゃないかな」

「いいえ。よかったです、本当に。私も結婚するので」

「ああ、そうなんですか。知らなくて……暁子さん、言ってくれたらよかったのに」

当然、母も知っていると思ったんだろう。小山さんが母に話を振るが、母は私を呆然と見ているだけだ。

「母にも今話したんです。私も彼も、仕事が忙しいので時機を見て入籍するつもりです。そういうわけだから、お母さん。じゃあね」

最後は母に向けてそう言って、私はドア近くで振り返り一度礼をする。顔を上げた時、私は母の視線を強く感じながらも目を合わせないまま病室をあとにした。

なにこんなに腹を立てているのか、自分の中でも整理はつかない。

母があの人と結婚するなら落ち着いて、もう私にいちいち連絡してくることも少なくなるだろう。だから、喜べばいいのに……母の小山さんへ向ける表情を見たら取り繕うことも苦しいくらいに腹が立った。

病院内の廊下を早足で過ぎ、外に出たところで大きく息を吸い込む。タクシーロータリーの近くにあるベンチに腰を下ろして、顔を両手で覆った。

母をずっと避けておきながら、結婚すると言われてどうしてこんなにもショックを受けたのか。

「……ばかばかし」

ここに来るまで、気が気ではなかった。避けてはいても、怪我をしたと聞いたらそれどころではなくてなにも悩むことなく駆けつけた。

私の中で、過去のわだかまりはあっても母親は母親なのだと自覚する出来事だった。

薫と付き合っていること、結婚したいと思っていることを母に伝えるのを避けたのは、なにを言われるかわからなかったからだ。母からしたら、かつて浮気をした相手の息子と娘が付き合うなんて、これほど気まずいことはないだろう。

だけど、悩むことなどなかった。別に母がなんと言おうが放っておけばいいのだ。

母によく思われたいという、子供の頃の気持ちがまだどこかに残っていたから、変に避けていたのかもしれない。

「別に、これからも放っておけばいいんだから。腹立つ必要ないし、関わる必要ない」

人をあれほど振り回しておいて、母はすでに前を向いて歩き出していたのだ。私がどう思うかなんて気にもせず、すでに一緒に暮らしている。

私だって、そうしていい。薫に会わせる必要もないし、結婚の許可が必要な年齢でもないのだから。


夜勤が続く時は、薫が忙しいと本当に会う時間がない。私が仕事に行く前や、夜勤明けの朝にちょっと電話で話す時間が取れたらいいくらいだ。それも多分、彼がいくらか時間に融通をつけてくれているのだと思う。

彼の仕事は時間の自由は効きやすいと言っていたけれど、それでも無理はしてほしくない。付き合い始めの頃ならいざ知らず、それぞれの生活を尊重するべきだとも思っている。

母と会ってから二週間が経過していたが、私は自分が不安定になっていることを自覚していた。彼に無性に会いたくて仕方がなかった。だけど無理も言えなくてその気持ちを呑み込めば、反動のように近い未来の話ばかりを口にする。

「私、結婚式はなしがいいな。その代わり、ちょっと長めに休みを取って新婚旅行を豪華にしようよ」

『本当に？　俺は燈子のドレス姿見たいけどな……』

「じゃあ写真だけ撮る？　フォトウエディングは私も気になってて……あ、新婚旅行先でフォトウエディングするのもいいな」

『あまり焦って決めるより、ゆっくり考えよう。一生に一度のことなんだから』

「うん、それは、そうなんだけど」

――じゃあ、婚姻届だけでも早く出す？

――一緒に住むのは来月？　今月中にそっちに行っちゃおうかな？

自分だけが先走っても仕方がない。わかっているからその言葉もまた呑み込む。

『燈子、何かあったのか？』

薫の声に心配の色が滲む。私は、母と会ったことを彼に言わないままだった。

「なにもないよ、どうして？」

『いや、なんとなく。いつもと違う気がして』

「そうかな？　気が急いてるのは確かかも。……早く一緒に住みたいし」

嘘は言っていない。彼が気にするようなことはなにもなかったし、早く一緒に住みたいのも本当のことだ。

『それならいいけど……次、休み合わせて物件探ししようか』

「……うん！　それまでに、どの辺りがいいかもある程度決めておかないとね」

『俺は多少会社から離れてもいいよ。燈子が通勤に便利な辺りで、駐車場が借りられるとこであれば』

少しでも話が進展すると安心する。

どの駅を拠点にするか、ふたつ候補を立てた。

『燈子、あのな』

「うん？」

薫が、どこか遠慮がちに話を切り出す。

『こないだ、親父に会った』

どうして彼が言いにくそうにしているのかわかった。互いの親の話を私が避けていることを、彼もよくわかっているんだろう。

私は軽い相槌だけ返す。彼が自分の父親に会うことをとやかく言うつもりはないし、その権利もない。

「そうなんだ」

『うん、それで』

「私のことは気にしないで。そんなに改まらないで、薫のお父さんなんだから、これからも遠慮せずに会ってね」

私がそう言うと、電話の向こうは沈黙が続いた。それが気まずくて、私も同じように押し黙る。

十秒くらいの無言だっただろうか。意を決したように、彼が再び切り出した。

『一度、燈子も一緒に話をしてみないか。親父がそう言ってる』

「え、どうして？」

『燈子と話したいって。俺も、その方がいいと思う』

なんの話を？

今さら？

なにを話し合ったって、時間は戻らないし今の私たちにもう親は必要ないのに。

「……必要ないと思う」

『燈子、あのな』

「話す必要ないと思うな。私は」

話し合って、和解して。今後は義実家としてお付き合いをする？

薫のお父さんよりも、母への嫌悪感の方が私は強い。だけど、母の浮気相手だったかもしれない人と積極的に会いたくないし、何よりも……そんな流れでやがてまた母と、なんてことになるのが嫌だ。

『燈子、無理強いはしたくない。でも、俺たち、一度ちゃんと親と向き合うべきじゃないかと思う』

ふたりだけの世界でよかった。もう私たちを煩わす関係を持ち込みたくなかった。

薫だけは、この気持ちを理解してくれると思っていたのに。

「……言ったのに」

『燈子？』

「無理強いしないって言ったのに」

『ごめん、言った。でも燈子……結婚するなら逃げてちゃいけないこともある。燈子のお母さんとも』

どうして、逃げたらダメなんだろう？

『会った上でやっぱり納得いかなかったら、もう上辺だけの付き合いでいいと俺も思うし、俺の親父にも今後会わなくていいよ』

薫の言葉に、私は何も返事ができなかった。

冷静さを欠いている。もういい大人なんだから。

そんな風に諭されている気がして、頭では理解をしているのに感情が全部をシャットアウトしてしまった。

母とはあれきり、連絡を取っていない。いや、電話は二度あったが出ていない、が正しい。それでいいと思いたい自分と、薫の言うこともっともだと心の中で理性的に判断している自分もいる。

薫は黙り込んだ私に、言葉を尽くそうとしてくれた。それはちゃんと伝わっている。

「少し、時間が欲しい」

私がその場で出せた答えはそれだけだった。


仕事中、柳川瀬さんに声をかけられた。

「大丈夫？　なんか疲れてる？」

「えっ？　そうですか？」

慌てて笑顔を作って、自分の頬を撫でる。この頃、あまり眠れない。それが顔に出てしまっているらしい。

「もしかしてマリッジブルーとか？　結婚前って色々大変で悩みが増えたりするのよねぇ。まあ、それも幸せの事前準備っていうやつだから」

ぱんぱんと励ますように背中を叩かれた。すっかり、悩みがあると断言されてしまっている。確かにその通りなのだが、そんなにわかりやすい顔をしていただろうかと恥ずかしくなった。

「幸せの事前準備……かぁ」

柳川瀬さんは、優しい言葉を使うなあ。

深く響いたその言葉を、噛み締めるように口にする。

一般的なマリッジブルーとは少し違うかもしれないが、結婚前になって出てきた問題を片づけるきっかけ、という考え方をするならば、とても的を射た言葉だ。

「えっ……何？　どうしたの？　本気の悩み？」

「いえいえ、大したことない悩みです」

「……悩みはあるのね」

ぐ、と言葉に詰まる。うっかり口が滑ってしまった。

「たまにはご飯でも行く？　話聞くよ」

「えっ、でもお子さんは？」

「同僚の食事に付き合うくらい大丈夫よ。お土産は買って帰るけど。結婚出産離婚とひと通り経験してるからね、これでも！　ちょっとくらいいいこと言えるかもしれないよ」

「いえいえ、悩みって聞いてもらえるだけでもすっきりしますし。でも……」

この悩みを打ち明けるには、母のことをまず話さなければいけない。正直、誰彼構わず話したいことではないし、何をどう話せば伝わるのか、言葉にする自信がなかった。

単純な望みはひとつ。

薫とふたりで生きていきたい。

それに付随するものはなにもいらない。

だけど人は社会で生きていて、人との繋がりは当たり前にあるもので……その最たるものが血縁、血の繋がった親だ。きっと今は疎遠にできても、生きていく上で必ずどこかで関わることになる。切っても切れないとはよく言ったものだと思う。

だけど、必要以上に関わることはしなくていいじゃない？

そもそも、私と薫が結婚すると決めた以上、母としても私にもう会わない方が都合がいいはずだ。あの日、紹介された小山さんは私たちの、いや、母の過去を何も知らされていないのではないかと思う。冷たい態度をとる私に驚いたような顔をしていた。

過去を知っていれば、その可能性だってある程度考えつくはずだ。

自分の都合の悪いことは隠して、家族仲がいいふりをしようなんて考えが透けて見えて、だから一層関わりたくなくなった。

でも、薫はきっと、そうは思っていないのだ。分かり合えるならもう一度、と私に機会を与えようとしたのだと思う。

あの日の電話以降、彼はその話を振ってはこないし、まだ時間が合わず会えてもいない。ただ、電話でもどこかぎこちない会話をしてしまうのは、きっと私のせいだ。

「でも、なに？　ほんとに大丈夫？」

いつまでも言葉の続きが出てこない私を、柳川瀬さんが心配そうに眉を下げて見ている。

「大丈夫です。幸せの事前準備なんだなーって思ったら、ちょっと気が楽になりました」

「えー……」

元気をもらったのは本当だ。疑わしげな様子の彼女に微笑んでみせたが、あまり信じてはもらえていないようだ。

その時、いつから聞いていたのか、中川さんの声が割り込んでくる。

「今井さんって、もしかして弓木さんと上手くいってないんですかぁ？」

以前から私や柳川瀬さんなど、自分より年上の女性職員に対して態度がよくない彼女だが、薫とのことがあるせいか私に対してはさらに当たりが強く感じられる。結婚間近ということが知れ渡っていても、まだ私に突っかかってきていた。

「ちょっと中川さん。その言い方は無神経じゃない？」

「えー、なんですか？　心配してるだけなのに」

「心配って顔してないわよ。あなたねえ」

柳川瀬さんが私を気遣い咎めてくれるが、中川さんは不服そうに唇を尖らせる。その態度にもいらっとしたのが、柳川瀬さんの表情から見て取れた。

口論になりそうで、私は慌てて口を挟んだ。

「彼が最近忙しくて。あんまり会えてないから寂しいなーって。ただそれだけよ。中川さんも心配してくれてありがとう」

ちっとも心配なんてしてないことはわかっているが敢えてそう言うと、なぜか彼女は楽しそうな顔をしていた。

「弓木さん、忙しいんですか。でも会えないくらいっておかしくありません？」

「そんなことないわよ。こっちが不規則な勤務なんだし、仕方ないでしょ」

「えー？　そうかなあ」

柳川瀬さんが間に入ってそう言ってくれる。私も柳川瀬さんの言葉に頷いてみせた。しかしそれでも、彼女はにやにやとどこか楽しそうだった。

「……中川さん。あなた、その底意地悪そうな表情なんとかした方がいいわよ。だから彼氏できないんじゃない？」

若干ドン引きしたような顔で柳川瀬さんが言う。

「なっ！　うるさいですよ！　大きなお世話です！」

「それはこっちのセリフだっていうの。嫌み言いたいだけなら黙っときなさいよ」

中川さんがカッとなって、顔を赤くして言い返す。声のトーンが上がり始めて、さすがに仕事中の雑談という範疇《はんちゅう》にはおさまらなくなってきた。慌てて柳川瀬さんの肩に手を置き、彼女を止める。

「柳川瀬さん、ありがとうございます。大丈夫ですから」

「いや、大丈夫じゃないでしょ……彼女、いいかげんうっとうしいわ」

「はあ？」

「中川さんも！　私に対して当たりが強いのは確かですよね？　文句があるならあとで聞きますけど、仕事に支障が出るような態度はやめてほしいです」

彼女の方を向いて、お願いするような言い回しでそう告げる。中川さんは面白くなさそうに唇を尖らせていたが、この話はもうここで打ち切りだ。

気を取り直して、笑顔を作った。

「すみませんでした、私の悩み事のせいで。仕事しましょう」

「私はただ、心配しただけですって」

「そうですか、ありがとう」

「上手くいってないんですよね？　私この間見ちゃったし。彼が今井さんじゃない若い女の人とふたりで食事してるとこ」

「……え」

思いがけないことを聞いて、私は絶句した。

「……ちょっと！　中川さん！」

「きゃっ！　柳川瀬さんひどい、なにするんですか」

どん、と柳川瀬さんが中川さんの肩を押す。その行動にはっと我に返った。

「柳川瀬さん！」

「仕事中になんの騒ぎですか」

看護師長の厳しい声が飛んで、一瞬で場が鎮まる。途中から明らかに言い争う声になっていて、看護師長室にも聞こえていたのだろう。さすがの中川さんもまずいと思ったのか口を噤んだ。

「ナースステーション内とはいえ、声は患者さんにも聞こえます。一切の雑談を許さないわけではないけれど、節度は守りなさい」

「申し訳ありませんでした」

三人揃って頭を下げる。場の空気を入れ替えるように、ぱん、と看護師長が手を叩いた。

「さあ、仕事！　気持ちを切り替えてね」

いつのまにか集まっていた他の職員にも視線を巡らせ、仕事の再開を促した。中川さんはそのまま私たちの方は見ずに、ナースステーションを出ていく。

私も大きく深呼吸をして、時計を確認した。もうそろそろ点滴が終わる患者さんがいる。まだナースコールは鳴っていないが、病室に向かうことにした。

「今井さん、さっきの気にしちゃダメよ。女性とふたりで食事に行くことなんて、仕事してたらいくらでもあるでしょ」

ポンと背中を叩かれて、私は笑って頷いた。

「大丈夫ですよ、わかってます」

そう言うと、柳川瀬さんも安心した顔で仕事に戻っていった。私はその背中を見送ったあと、ぱんっと思い切り自分の両頬を両手で叩く。

しっかりしよう。社会人失格でしょ。

解決しない、すべてのことを今は頭の中から追い出した。


会えていないのは本当。

柳川瀬さんが言った通り、たとえ彼が他の女性と食事に行っていたとして、それで〝何か〟があったと疑う必要はないのも本当。理解している。

帰りの電車はわりと空いていて、大体座ることができる。今日もいつも乗る先頭車両の座席からぼうっと窓の外を見ていた。それから手の中のスマホを見て、何度もそれを繰り返す。彼からのメッセージが届いていないか、気になって仕方がないのだ。

付き合い始めより少なくなったメッセージの数は、そのまま私の不安に上乗せされる。減った意味を考えてしまう。必死になっていた頃を過ぎて、落ち着いた付き合いができていると思っていた時もあったはずなのに、今はマイナスの意味ばかりを勝手に付け足してしまう。

自分がこんな風になるなんて、思わなかった。

――これじゃ、まるで……あの人みたい。

電車の中だというのに、髪をぐしゃぐしゃと掻きむしりたくなった。

私と会う時間はないのに、誰と食事に行ったんだろう。

(同僚や、取引先関係かもしれないじゃない)

中川さんは意味ありげな言い方をしてたけど、どんな雰囲気だったんだろう。仲がよさそうに見えない限り、いくら中川さんでもあんな言い方をしないんじゃないかな。

(そもそも薫はそんな不誠実な人じゃないし)

でも、最近の私はいい態度じゃなかった。薫のお父さんのことも頑なに断った……呆れられたかもしれない。

(……それは、そう)

感情的な自分と冷静な自分が交互に私の中で意見交換をしている状態だ。しかも〝最近の私〟に関しては冷静な自分もすっかり自信をなくしている。

浮気、というワードに自分がひどく過敏になっている自覚があった。親の修羅場が案外今でもトラウマとして残っているのだと、今さらになって気がついて驚いている。

親から早々に独立して、自分で生きられるようになって随分経つのに。こうして恋愛に身を委ねることになってから、実感することになるとは思わなかった。

「……あっ」

気づいた時にはすでに扉は閉まりかけていて、腰を上げた瞬間に完全に閉じてしまう。降りる駅に着いていたのに、ぼんやりして気づいていなかった。

仕方なく、もう一度シートに腰を下ろした。次の停車駅で降りて、反対方向の電車に乗り直すしかない。それとも、このままどこかに行こうか、ふとそんな考えが頭に浮かぶ。

明日も日勤で朝から仕事だが、ちょっと気分転換した方がいいかもしれない。なにせ、柳川瀬さんに心配されるほど、仕事中も顔に出てしまっている。

やっぱり、柳川瀬さんとご飯に行けばよかったか。だけど、もしかしたら今日に限って薫に時間ができて、会おうという話になるかもしれない。

「……なにやってるんだろ」

ため息が落ちたその瞬間、手の中のスマホが短く振動する。さっきから期待しては裏切られているから、きっと何かの通知だろうと諦め半分で画面に視線を落として、どきりと心臓が跳ねた。

【仕事終わった。燈子は？　もう家？】

今日は、久々に早めに仕事が終わったらしい。すぐに返信しようとして、手が迷った。会いたいと言っていいのか、悩んだのだ。

こんな、不安定な自分のまま、会っていいの？　薫に見られていいの？

迷いに迷って返事を返せずに、私は次の駅でも電車を降りることなく……悩みながら行先を変更していた。


薫の会社と家の最寄駅で、電車を降りた。メールの返信を迷ったままここまでたどり着いてしまったが、来てしまえばやっぱり会いたいという気持ちが強くなった。

駅の改札を出て少し進み、柱の近くで立ち止まる。変な表情になっていないか確かめるように、頰を手で摩った。それから口角を上げて、笑みを作る練習をする。

心の中で澱《よど》んでいる、いろんな感情をとにかく追い出す。

悩んだけれど、やっぱり会いたい。会うなら、嫌な自分は見せたくなかった。

「燈子？」

会いたくて仕方なかった人の声で名前を呼ばれ、顔を上げる。正面には誰もおらず、周囲を見渡しそれから背後へ振り向いた。

「薫！」

驚いた顔で立っている彼がいて、駆け寄ろうとして足が止まる。薫のすぐ横に、ショートカットの小柄な可愛らしい女性がいたからだ。

自分の顔が、凍りついたのがわかった。

なんで、女の人と一緒にいるの？

仕事は終わったってメッセージがあったのに、じゃあ今会っている人は仕事じゃないってこと？

自分でもぞっとするほどの独占欲が体の奥から湧き出てきて、自分が真っ黒に染まっていく気がした。

「どうした？　何かあった？」

このところの、彼の口癖のような言葉が私に向けられる。だけど、それを変にひねくれて受け取った。

何かなければ、来ちゃいけなかった？

そしてまた、両手でぱんっと自分の頬を叩いた。そのことに驚いた薫が駆け寄ってくる。咄嗟に俯いて頬を撫でていると、視界に彼の革靴の先が入り込んだ。

「燈子？　何やってんの」

「あ、ごめん、なんか、虫が？」

「ほんとに？　それにしたって思い切りすぎだろ」

見せてみ、と頬に当てた私の手をどかそうとする。だけど、今私は自分が見せられる顔をしている自信がなかった。軽く彼の手を払って一歩後ろへ下がる。薫がどんな顔をしているか、見るのが怖かった。

「燈子？」

「ごめん、電車乗り過ごしちゃって、気分転換にふらふらっとしてたら来ちゃって。でも、ごめん。用事あったんだね」

いつものように振る舞え、と思うのに上手くできているかわからない。やたら早口になっている気がした。

「いや、用事はないよ。彼女は、前の会社の同僚で」

「あ、そうなんだ」

どっどっどっ、と重たい心臓の音がする。冷や汗で服の中がびっしょりになっていた。視界がぼやけてきて、これ以上は普通に会話ができそうにない。

「あ、あの……弓木くん、私今日は帰るわ」

戸惑ったような可愛らしい声が聞こえる。その対応が、今の自分と比較してとても大人に感じて情けなくなった。

「いえ！　大丈夫です、私電車を降り損ねてきちゃっただけなので！　またメッセージ入れるね！」

せめて去り際くらいは普通にしてみせないと、気を使わせてしまう。

ぱっと顔を上げて笑顔を作ってそう言うと、咄嗟に取り繕った表情がはがれる前にと私はさっさと踵を返した。

「ちょっ……燈子！」

呼び止められる声が聞こえたけど、聞こえないふりをする。まっすぐ改札まで歩きながら、スマホをバッグから取り出した。改札の前まで来てスマホを翳《かざ》そうとした時、その手を後ろから掴まれる。

「燈子、待てってって」

薫が、追いついてきてしまった。掴まれた手が引っ張られて、そのまま人の邪魔にならない壁際まで連れてこられる。

「どうしたの？　さっきの人と用があったんでしょ？　私は帰るから大丈夫よ」

「用はないって言っただろ。燈子、聞いて」

「なに？　明日も仕事だから早く帰りたいんだけど」

「燈子、こっち見て。さっきから全然目が合わない」

その言葉に、びくっと肩が震えた。

「燈子」

きっと彼は、何度でも、私がちゃんと見るまで呼ぶだろう。深く息を吐き出す。

「……職場の子がね、薫が、他の女の人と食事しているのを見たって」

こんなことで彼を問い詰めたくなかったから、急いでその場を離れようとしたのに。引き留められたら、結局一番にその言葉が出てしまった。

「いつ？　多分、さっきの人だ。前の会社の同僚で、トラブルがあって俺も関わった案件だったから相談に乗ってた。それに、ひとりじゃなかったよ。同僚がもうひとりいた。嫌ならもう会わない」

「いや、ダメでしょそれは……仕事だし」

「そう、仕事だけど。別に会わずに電話で済ませる方法もあった。ごめんな」

謝られて、泣きたくなってきた。きっと彼の方が、こんなことで責められて泣きたいくらい面倒だろうに。

「……なんで謝るのよ」

「トラウマだろう。俺だってそうだ。多分俺も燈子も、そういうところに過敏になってる。わかってたのに、不安にさせたから謝っただけだ。言っとくが後ろめたいから謝ったとかじゃないからな？」

トラウマ、と彼がはっきり言ったことに驚いて、彼を見上げる。すると、目が合って彼がほっと表情を緩めた。

「とりあえず、俺の家に行こう」

「行かない」

即座に返事をしてしまった私に、彼が困ったように眉尻を下げる。

そんな顔も好きだ。誰にも見せたくないくらいに、大好き。

この好きが、いつか私たちをめちゃくちゃにしてしまいそうな気がする。

そんな考えが頭に浮かんで、私はやっと、自分の本当のトラウマに気がついた。

「……燈子」

「薫、私ね……こないだお母さんに会った」

唐突な私の言葉に、彼は驚いた顔をする。私は構わずに話を続けた。

「……お母さん、再婚するんだって。それ聞いた時に私、なんか馬鹿馬鹿しくなっちゃって」

あの日から、ずっと感じているその思いを、つらつらと口にした。

別に今まで、彼に隠していたわけではない。ただ、なんて言えばちゃんと伝わるか、言葉や順序がまとまらなくて言えなかっただけだ。

なのに、思いついたままに言葉を紡ぐ今が一番、上手く言えるような気がしている。

「私たちの人生を、恋を巻き込んだくせに、さっさと再婚決めちゃってるの。ずるくない？　なのにね、今の私、少しお母さんの気持ちがわかるんだよ」

彼を見上げながら、目に涙が滲み出す。

薫は黙って聞いている。だけどその表情からわかる。必死に私の言葉を聞こうと、理解しようとしてくれていた。

「恋しくて、苦しくて、自分が自分でなくなりそう。不安になってすぐ疑って、嫉妬して、醜い。……あの頃のお母さんみたいに」

仕事で忙しくなるなんて当たり前のことで、不安を抱える。おかしいことはわかるから、言葉には出さないでいたら蓄積されて、ちょっとしたことで疑うきっかけになってしまう。

「嫉妬した自分の顔は、どんなだろう。こんな私が結婚して、子供を産んだら……？」

未来の想像が、自分の母親の姿にしかならなくなった。

そんな自分を悟られたくなかったし、認めたくなかった。だから親にこれ以上関わることも、怖かったのだ。

「私、お母さんみたいになりたくない」

「ならない。ならないよ、燈子とお母さんは別だ。絶対大丈夫だから」

「何が大丈夫なの？　浮気とか不倫がトラウマなのは、きっと私たち一緒だね。でもこのトラウマは、薫にはわからない」

歪んでいた視界が幾分、マシになる。溜まっていた涙が溢れたからだ。

ぽた、と顎から落ちるのを感じて、私は手のひらで目を拭った。

「……燈子。何があってもふたりでやっていこうって決めただろう」

「……うん。わかってる。離れたくないけど、今は会いたくない」

結局、結論はここ。

別れる選択肢はなからなくて、ただ醜い自分は見られたくない。その間に彼が誰か他の人に……なんてことを考えて不安になるのに、冷静な自分はちゃんとわかっている。

同じトラウマを持つ彼が、浮気なんてするはずがないと。

「ごめんね、だからもう少し、時間をください」

心が落ち着くまで。落ち着ける方法を見つけるまで。そうでなければ私は前に進めない。

私の肩を掴もうとする彼の手を、やんわりと押し戻す。踵を返して再び改札へと歩き出した。

だけど二、三歩進んだところでまたすぐに彼につかまる。後ろから、強く抱きしめられた。

「薫……」

「話してくれてありがとう。諦めないでいてくれてありがとう」

そう言われて、おさまりかけていた涙がまた溢れ出した。

「諦めないでいてくれるなら、燈子の意思を尊重する。でも俺は、見せたくないと思ってる燈子ももっと見たいよ」

「嘘、そんなわけ……」

「俺だって、ずっとみっともないからな。嫉妬しまくりだし」

ぎゅっと私をとらえる腕に力がこもる。苦しいくらいの力加減が、なぜかほっと安心感を連れてくる。だけど、その腕はあっさりと解かれた。

「……約束。絶対会いに来て」

「薫……」

「変わる必要も、隠す必要もない。気持ちぐちゃぐちゃでも嫉妬でどろどろでも構わないから。俺に見せられると思えたら、ちゃんと燈子の意志で、足で、会いに来て」

とん、と軽く背中を押される。一歩前に踏み出たところで後ろを振り向く。

彼は少し首を傾げて、私を見ている。

「……気をつけて帰って。家に着いたら、ちゃんと電話してな」

「……うん」

勝手なもので、突き放されたような気持ちになる。

だけど、時間が欲しいと思う気持ちに変わりはなかった。彼の視線を背中に感じながら、私は改札へ急いだ。

ほどける心

終着点を、彼が決めてくれた。そんな気持ちだ。

この悩みの終着点は、たとえ心の整理がつかなくたって、ぐちゃぐちゃなままだって、必ず彼に会いに行くこと。必ずふたりで乗り越えること。

醜い自分を見せたくないと言った私に、彼は『ありがとう』と言ってくれた。私に必要なのは、どんな自分でも包み隠さず彼に見せるその勇気だけだった。

『変わる必要も、隠す必要もない。気持ちぐちゃぐちゃでもどろどろでも構わないから。俺に見せられると思えたら、ちゃんと燈子の意志で、足で、会いに来て』

動きさえすれば、勇気さえ出せば。彼は、どんな私も受け止めてくれる。

彼がそう示してくれたことは、私には驚くほどの安心感と、心に少しの余裕を持たせる結果となった。

それに加えて、彼は一日必ず、何度かメッセージを送ってくれる。

その内容が、今までとちょっと違った。最初は他愛ないメッセージをやりとりしていても、なにがスイッチなのか不意にヤキモチのような内容になる。特にあからさまなのは、時任先生に対してだろうか。仕事帰りに同僚数人と食事に行ったことをメッセージで伝えた時のことだ。

【時任先生は？】

既読が付いてから暫く間が空いたかと思ったら、えらく端的なひとことが届いて驚いた。彼がしつこく食事に誘ってきた時のことを知っているから、心配してくれているのもあるのだろうか。

【いないよ。大丈夫】

【時任は絶対燈子に気があったはず】

いや、時任先生は何か相談したいことがあっただけで……？

そう思ったけれど、自分が誰かに嫉妬している時にそう言われたって、納得できそうにない。答えに窮して返信内容に迷っていると、追ってメッセージが来た。

【相談とかに絶対乗るな。その時は俺も行く】

まさか、薫がそこまで時任先生を意識しているとは思わなくて、驚いてしまった。

嫉妬しているのは私だけじゃない、彼も同じなのだと教えてくれている。

【親父みたいにへらへらしてあっちこっちに火種を作りたくないから、俺は燈子にしか愛想よくしない】

そんなメッセージも、彼には彼の、私とは違うトラウマがあったのだと気づかされた。

段々と心がほぐれていく。そうすると今度は私が彼に安心してほしくて、心の澱みを吐き出すメッセージを送る。

【お母さんみたいに恋愛に振り回される人間になりたくないし、お母さんを避ける私を冷たいって薫に思われたくなかった。だから親の話題は避けたかった】

【女の人と並んで立ってるの、見ただけでダメだった。職場で見るより外で見るのはダメ。全然ダメ】

もっとひどいのもある。

【本当は、私以外の人に笑ってるところ見ると苦しくなる】

彼は今でも、女性に対しては明らかな一線を引いている。さすがに仕事の話をしている最中にまったく笑わないのではコミュニケーションが取れないので、彼の仕事を考えると致命的だ。

だからそんなことは通用しないことはわかっているけれど……これは私たちにとって〝幸せになるための事前準備〟だった。

こんな自分が心の中にいることを、お互いに認めるためのやりとり。もっとも、これに返ってきたメッセージは見事なブーメランだったけれど。

【それは俺の方が言いたい】

【燈子はあちこちに笑顔を振りまくから、みんなに好かれる。気をつけてほしい。男とふたりきりとかまじでやめて】

「そっ……んな、モテたことないけどなあ」

そのメッセージを読んだ時は、あまりの照れくささに部屋でひとりで赤くなった。

反論しようと思ったけれど、やめて【気をつけます】と送った。

彼が私の気持ちを受け止めてくれているように、私も彼の言葉をそのまま受け止めることにした。


そして半月ほどが経ち、二月。

どこのスーパーにもバレンタインチョコが店頭に並び、ハートをあしらった装飾が溢れている。カフェやレストランではバレンタインを意識した期間限定メニューが売り出されて、今訪れている居酒屋にもハートとイチゴの飾りをつけたアイスクリームがデザートメニューのトップを飾っていた。

個室の四人掛けテーブルに向かいには、雪ちゃんと柳川瀬さんが並んで座っている。

「……おっも！」

「重さ倍増……」

最初の言葉は、柳川瀬さん。そのあとは、雪ちゃんだ。

あのあとなんだかんだと心配してくれていた柳川瀬さんと飲みに行こうということになり、それを職員食堂で話している時に雪ちゃんが現れ三人でとなった。

医療センター近くの居酒屋で、現在色々と暴露させられている。

「まあ、でも。人によって色々だけど、燈子ちゃんの場合には弓木さんのやり方が一番正解なんじゃないかなあ」

生ビールのジョッキを片手にそう言うのは、柳川瀬さんだ。薫とのあれこれを話す上で過去のことも説明しているうちに『今井さん』から『燈子ちゃん』へ呼び方が変わった。

「……それは、自分でもそう思ってます」

あの日、あのまま強引に話をする方法も彼にはあった。逃げてばかりの相手にはその方がいいこともあるけど、彼は私に自分の意思で殻から出てほしかったのだ。

どんな姿でもいいから。そう言ってくれるから、自分の中にある醜い感情を少し、俯瞰して見つめることができた。

「結局、お似合いなんだろうね。過去のことがあるからかもしれないけれど、ふたりはワンセットなんだなって話聞いてて思った」

そう言ってくれたのは雪ちゃんだ。その言葉に柳川瀬さんも頷いていて、私は噛み締めるように頭の中で復唱する。

私たちは、ワンセット。

何があってもふたりでやっていこう——その言葉を思い出す。

それは『ふたりきりで』という意味ではない。この先どんなことがあっても、私たちはふたりでいる選択だけは外さないという意味だ。

たとえ、親とまた揉めようと、それだけは変わらない。彼はずっとそう言ってくれていたのに、母とのことで感情的になっていた私はその意味を見失っていたのだ。

彼が私を信じてくれて、私に時間をくれたから、気がつくことができた。

「で、気になってたんだけど、結局弓木さんが一緒に食事してたのはその前の会社の同僚ってこと？」

「うん、そういうことみたい」

あの駅前で鉢合わせした日、その場で説明してくれたことに嘘はなかったと感じられた。中川さんから聞かされていたところに、見事にふたり並んで立っているのを見て頭が瞬間湯沸かし器みたいになったわけだけれど、話してくれたら疑う気持ちはすぐに消えていた。

ただ、私にとってはその〝瞬間湯沸かし器状態〟がダメだったので、逃げてしまったのだけど。

「大体、中川さんが変に意味深な言い方するからでしょ。あの子、他の病棟でも揉め事起こしての今五階らしいよ」

「えっ、そうなの？」

雪ちゃんの言葉に驚くと、柳川瀬さんがうんうんと二度頷き、さらなる新情報を披露する。

「らしいね。私はよく知らないけど、でも来年度異動だからもう大丈夫じゃない？　放置で」

「ええっ？　内示とかまだですよね？」

「こないだ看護師長室の前を通りがかった時にちらっと聞こえちゃった」

「えっ。四階にはいらないですよ？」

「どうかなあ、異動先までは聞こえなかったけど」

雪ちゃんが「絶対いやー！」と頭を抱えている。

「あの子は、人間関係に波風立てすぎなのよねえ。早く鼻をぼきっと折られて丸くなるといいけどね」

「丸くなるもんでしょうか」

「なるでしょ？　大体あのくらいの年齢って、仕事に邁進してるうちに天狗になるか、恋愛意識しすぎて女子力磨いて天狗になるかのタイプが多い気がするけど」

「ええ……私たちにもそんな頃があったってことで？」

柳川瀬さんの言葉に、私と雪ちゃんは顔を見合わせる。

「そりゃ、人によるけど。私は、まあ、今思い出すと天狗になってたなーって思う頃があるよ。いわゆる黒歴史っていうか」

「全然想像つきません」

今はこれほど人当たりのいい人が？

ついまじまじと見つめてしまった。柳川瀬さんは、苦笑いをして頭を掻いた。

「中川さんとはちょっと違うタイプとは思うけど……敵を多く作った時期があったのは本当。いや、本当に黒歴史だからこれ以上は言わないけどね」

「なんですかそれ。ぜひ聞きたいですよ。人生の先輩としてのお話を」

雪ちゃんは、すでに結構お酒が入っている。ぐいぐいと柳川瀬さんの方へ身を乗り出すが、両腕でバツを作られて拒否されていた。

「絶対言わないね！　でも、どこかに閉じ込められてでもない限り、なんだかんだいろんな経験積むわけよ。よくも悪くもね。長い人生、生まれてこの方少しも変わらない人間なんてどこにもいないわよ」

なるほど、と思う。確かにその通りで、私だって三十になるまでいろんなことがあった。多少強くなったところもあるし、今さらになって出てきた弱い部分もあって。

「……ひとつだけ言うなら、離婚前の私は、あまりいい母親じゃなかったかな」

「ええっ⁉」

柳川瀬さんの突然の告白に、私と雪ちゃんは同時に声をあげる。私から見て、柳川瀬さんは明るくて頼もしくて、子供にとってきっといい母親だと想像できてしまうからだ。

「仕事でピリピリして、旦那に頼りたいのに全然話聞いてくれないし子育ても上手くいかなくて……まあ、色々長かったけど離婚してからの方が覚悟決まって、子供と向き合えるようになったかな。実家のおかげもあるけどね」

「そうなんですか……」

「柳川瀬さんはずっといいお母さんの雰囲気しかしないですけど」

雪ちゃんの言葉に私も頷く。そうしたら柳川瀬さんはからりと笑った。

「んなわけないでしょ。人間誰だって限界はあるし弱る時もあるのよ」

——お母さんも、そうだったのかな。

かといって、許す許さないの話ではないけれど。

生ビールのジョッキを持ち上げひと口含む。ちびちびと飲んでいると、苦味が口の中に広がってあまり美味しくなかった。

三時間ほど食べて飲んで、店を出たあと、柳川瀬さんは子供が待っているからとタクシーで急いで帰っていった。手にはお店で作ってもらった焼き鳥のテイクアウトの袋をぶら下げて。

「人生の先輩の言うことは、色々深かったねー……」

「ねー……」

結局、柳川瀬さんは一番自分の中で最悪と思っている真っ黒の黒歴史以外は色々と話してくれた。『これは私の場合だからね！　気にしたらダメよ！』と、根深いマリッジブルーに陥る私を気遣いながら、結婚して離婚した経緯や子育てのことなどリアルな悩みが満載だった。

旦那さんはモラハラ気質だったそうで、私が過去に母にされていたこともそれに値するのではないかと言った。言われてみれば確かにそうで、経験者だからこそ、その後言ってくれた言葉には重みがあった。

『家族なんだから情が残るのも当たり前だし、家族だからこそ許せないこともあるわよ』

許せないことに罪悪感を抱く必要はないのだ。許せないのに切り離すことを心苦しく思うことも。あって当たり前のことだと言ってもらえた気がした。

「弓木さんとはいつ仲直りするの？」

駅までの帰り道、雪ちゃんが尋ねてくる。

「喧嘩してるつもりはないいんだけど」

「じゃあ、いつ会いに行くの？」

その答えは、もう私の中で決まっていた。

「バレンタインの日に。お休み取ってある」

思えばその日が、私たちに大きな傷を残した日で一番の心残りだった。だからその日を塗り替えることで、大きな一歩にしたい。

バレンタイン当日の朝早くから、私は大忙しだった。

学生の時のリベンジであり、付き合って最初のバレンタインデーだ。朝から手作りチョコに邁進した。

といっても作ったのはトリュフを数種類だけで、それほど難しいものではなかったのだが、見た目を綺麗に装飾するのが一番大変だった。

丸めたチョコを溶かしたチョコでコーティングしたり、ココアパウダーをまぶしたりはまだよかったが、チョコペンで華やかにしようとして半分近く失敗した。繊細なお菓子作りには向いていないとつくづく思う。失敗したものは味見として食べたので、おかげで昼食が必要ないくらいにお腹が膨れた。

綺麗にラッピングをして、紙袋に入れるとプレゼントは出来上がりだ。あとは自分の準備。いつもより気合を入れて丁寧にアイメイクをする。髪も念入りにブローして、今日は結ばずに下ろしておく。

薄いグレーのニットに足首まであるロングスカートを合わせ、もこもこの白いダウンジャケットを羽織った。

手首には、薫から誕生日にもらった白の腕時計をつける。準備が全部整って、深呼吸をひとつした。

――三週間ぶり、くらいだ。

もう何度もデートもしたしお泊まりもした仲なのに、今日だけは特別だった。緊張して、心臓の鼓動が速い。

今日会いに行くことは昨日の夜にメッセージで伝えた。彼はわかったと言っていたけど、時間は決めていない。

薫、仕事のはずだから……帰りは何時になるんだろう？　ちょっと早めに行ってもいいよね？

今はまだ昼の二時だ。早すぎるのはわかっているけど、バッグとチョコレートの紙袋を手に取ると玄関へ向かう。

再会してから、こんなに会わなかったのは初めてだ。だからか、ひどく気が急いて私はすぐに家を出た。

今日は、チョコレートだけでなく料理も手作りするつもりで、メニューも一週間前から練習していた。ロールキャベツのトマト煮込みと、ポテトとトマト、アボカドの角切りサラダだ。初挑戦の料理だったので二品にしておいた。

途中スーパーマーケットに立ち寄って、材料を買い込んでから彼の家に向かった。

着いたのは三時を過ぎた頃で、料理をする時間はまだ十分ある。久しぶりの彼の家は、相変わらず綺麗に片づいていた。男のひとり暮らしといったらもっと雑然とするイメージだけれど、そもそも彼はあまり散らかすことをしないらしい。

ざっと掃除機をかけてお風呂掃除も済ませると、すぐ料理に取りかかった。

最初にロールキャベツを作った時は、煮込んでいる間にキャベツがほどけてしまって失敗だった。練習をしておいて、本当によかったと思う。つまようじで留めなくても、しっかりと巻いて鍋に隙間なくぎっしり詰めれば、キャベツが捲れにくいらしい。

あとは、乾燥パスタを使って留めるという方法もあった。今回は、鍋のサイズがふたり分を作るのにちょうどよかったので、ぎっしり詰める方法で作ることにした。

失敗なく、すべての料理を作り終えることができて、ほっと体の力を抜く。エプロンを外して簡単に畳み、バッグの中に仕舞う。

その時になって、はっと気がついた。

「ワイン！　買ってない！」

別にワインじゃなくてもいいのだが、ちょっとくらいお酒が飲みたい。久々のデートなのだから。料理はそんなに上等じゃないかもしれないけれど、ワインがあれば少しくらいは雰囲気を格上げしてくれそうだ。

時間はまだ五時だ。スマホを見ても、まだ薫からの連絡はない。一月の忙しさをまだ引きずっていたら、きっと帰りは遅くなるのではないかと思う。

それなら、ちょっと出かけても間に合うはずだ。

チョコレートの入った紙袋はテーブルの上に残し、スマホとバッグだけを掴んで再び買い物に出た。

近くのスーパーマーケットではなく、ちょっと高級なスーパーまで足を延ばす。その方がワインの種類が豊富で、店員にも聞きやすそうだと思ったのだ。

肉料理に合う、飲みやすいワインを一本、店員に聞いて選んでもらい、買った頃にはすでに三十分以上過ぎていた。

「早く戻らないと」

多分まだ彼は帰っていないと思うけれど、気になってスマホを確認する。気づかないうちにメッセージが一件入っていて慌てて開いたけれど、それは彼じゃなかった。

母からだ。

病院で会ってから、電話には一切出ないままだった。母も、メッセージでは何を書こうか悩むのだろう。ここしばらくずっと通話の着信でメッセージは久しぶりだった。

【ごめんね燈子。お母さん、まだ一度もちゃんと謝ったことなかった】

奇しくも、バレンタインデーの今日に限って、とため息が零れる。せっかく、これから久しぶりのデートなのにと、ちょっと面倒に思ったけれど不思議と心は凪いでいた。

湧き上がる嫌悪感もない。薫が、私の中にある汚い感情も全部、受け止めてくれたからだ。そして柳川瀬さんや雪ちゃんが、話を聞いてくれたから。

人は変わるということを教えてくれたし、許せなくても情があっても、どちらも当たり前だと言ってくれたから。

深呼吸をひとつする。薫に会う前に、済ませてしまおう。そうして、明るい気持ちで彼に会うのだ。

メッセージを送ろうとして、何文字か入力してすぐにやめた。それから、通話のボタンをタップする。

「――もしもし、お母さん？」


それほど長い時間しゃべっていたつもりはないけど、気がつけば外はもう真っ暗だった。二月の夜は、まだ暗くなるのが早い。

ワインの瓶が入った袋をぶら下げて、彼のマンションへ急ぐ。空気が冷えていて、走ると少し肺が痛い。だけど、足取りと気持ちはとても軽かった。

街灯の明かりが続く中を小走りで進んで、マンションの入り口が見えてきた時だった。

「……あ！」

まだスーツ姿の薫が、何か焦った様子で出てきてきょろきょろと周囲を見渡している。それからすぐに、私を見つけた。

「薫、ごめん、遅く——」

「燈子！」

私の声は大きな声で遮られて、驚いて立ち止まった。彼は必死の表情で私の方へと走ってくる。

これは、もしかしたら心配させてしまったのかもしれない。

ごめんね、と声にするよりも先に、私は彼の腕の中に引っ張り込まれた。

「うぐ」

ぎゅう、と強く抱きしめられる。腕の中はとても暖かくて、息苦しさよりもほっとした。

薫の匂いがする。そう気がつくと、深く息を吸った。

「……心配した。料理が作ってあるのに、どこにもいないし」

「ごめん」

「電話しても全然出ないし」

それは、母と話していた時だ。本当に間の悪い人だなと、ちょっと母に心の中で毒づいた。

腕が緩んで、マンションの方へと歩くように促される。だけどしっかりと肩は彼に抱かれたままで、離さないと言われているみたいだった。

エレベーターを上がる間は他の住人も一緒だったので話すことはできなかった。彼の部屋がある階で降りると、手を繋いだまま引っ張られるように歩く。

結局何も話せないまま、部屋に着いてしまった。室内にはロールキャベツの匂いが漂っている。

「あ、お料理温めないと」

「ちょっと、あとにしよう」

「え」

さっきから、肩を抱くか手を繋ぐかしていて一瞬も私から手を離そうとしない。がっしりと繋がれたまま私はリビングまで連れてこられ、ぼふっと音を立ててソファに座った彼の膝の上に横向きで座らされた。

「か……薫？」

またしてもぎゅうぎゅうと抱きしめられて、私は身動きひとつできなかった。うなじに彼の顔が当たる。彼の息遣いが感じられて、ちょっと照れくさくなってくる。

「……今日、楽しみにしてた。何日も前から」

「そんなに前から？」

私が、今日来ると彼に伝えたのは昨日の話だ。

「燈子から会いに来るとしたら、バレンタインしかないなと思って」

考えることは同じだったらしい。あの時最悪の日になったバレンタインデーを、最高に幸せな思い出に塗り替えたかった。

「仕事そわそわしながら切り上げて、帰ってきてみれば料理はあるのに燈子はいないし」

「ご、ごめん。ワイン買い忘れて……」

「……よかった。また逃げたくなったのかと思った」

……それは、申し訳ない。私の弱腰のせいで、散々彼を待たせてしまった。

「逃げないよ。勇気がなくてごめん」

「もう次は待たないからな。また逃げ腰になったら、その時は縛って囲って閉じ込めるから」

「危険思想」

ひえ、と短い悲鳴をあげるが、ちっとも怖くなかった。私も彼も、どこかちょっとおかしくなっていて、それを認められるのはお互いだけだ。だからもう、怖くない。

「……たまには、閉じ込められるのもいいかもね」

「本当に？」

「だって、その時は薫も一緒に閉じこもってくれるんでしょう？」

ふわ、と手が緩む。顔を上げると、薫が私の顔を覗き込んでくる。目が合ったのは一瞬で、その後すぐに口づけられた。

「ん……」

目を閉じて、キスに浸りながら両腕を伸ばし彼の首筋にしがみつく。唇を割って入った彼の舌を味わいながら、ずっとこうして体の一部が絡み合っていればいいのにと思った。

そうすればきっと、寂しくない。

異常なくらいに執着してしまう私のことも、今は少しも不安はない。きっと彼は、全部受け止めてくれるのだろうと信じられるから。

深く長いキスの合間に、わずかに唇に隙間ができる。とろんと目を開けば、彼の黒い瞳がじっと私を見つめていた。

「……あなたに会えてよかった」

きっと、私が恋をできるのはあなただけ。

あなたであれば、きっと私は何度だって恋をする。

彼の目が泣きだしそうに細くなる。優しいキスが瞼や頬に何度も触れて、それから額同士がこつんとぶつかる。

「愛してる」

生まれて初めて言われた言葉に、急に想いがこみ上げて目の奥が熱くなった。瞬きをひとつすると、ぽろぽろと零れた涙が頬を伝って顎から落ちる。

「薫……っ」

「一生、燈子ひとりだけを、愛してる」

奇跡みたいな言葉だと思った。

「私も、愛してる」

そのひと言で、私の全部が綺麗にすすがれて、満たされていった。

エピローグ

　朝、目は覚めたものの後ろから包まれる温もりとちょっとした窮屈さが心地よくて、いつまでも微睡《まどろ》んでいた。素肌が直接触れ合うのは、どうしてこうも気持ちがよくて、安心するんだろう。

　昨夜の疲れもあって、なかなか頭がすっきりとしてくれない。久しぶりの薫の匂いに包まれていると、どうしてもまた寝てしまいたくなる。

　昨日はあれからふたりで料理を食べて、ワインを少しだけ飲んだ。テレビもつけずにスマホも見ずに、私が作ったチョコをふたりで食べる。ずっとお互いだけに視線を向けて、お互いの話だけに心を澄ませて……それは私たちにとって、とても贅沢な時間だった。

　ベッドに入ってからは……ちょっと、色々と長すぎて。私は途中から記憶が曖昧なのだけれど、これ以上ない幸せなバレンタインデーに塗り替えられたと思う。

「ん……」

　ふいにうなじに柔らかな感触があって、それから熱い息遣いを感じた。

「燈子、おはよ」

「ん……うん……」

「まだ眠い？　今日は仕事ないんだっけ？」

「……明日から、夜勤で」

「じゃあ、今日はずっと一緒にいられるな」

ちゅ、ちゅと口づけがうなじから背中に這い始める。腰が揺れてしまいそうな気持よさに身をゆだねて……いる場合じゃなかったとくるんと彼の方を向いた。

「薫は仕事じゃないの？」

「……久々に会うのに一日じゃ足りないから休みとっといた」

なんと。

あまりの用意周到さに数秒ぽかんと彼を見て、それからくすくすと笑った。

「じゃあ、もう少しゆっくり寝よう？」

「ん」

腰を引き寄せられて、またキスを再開しようとする彼の唇を片手で押さえる。

「昨日いっぱいしたからもう無理。ごろごろ怠惰にしてたい。午前中いっぱいはこうしてたいな」

そう言って薫の腕を片方、枕にした。彼はちょっと残念そうだけれど、諦めてくれたようだ。枕になっているのとは反対の方の手で、私の髪をゆっくりと撫でて梳《す》く。その心地よさに幸せを感じて、また眠ってしまいそうになった。

「……そういえば、昨日。お母さんと話したよ。電話で」

私の言葉に、彼の手がぴたりと止まってしまう。

「……大丈夫だった？」

心配そうに私を見る彼に、微笑んでみせた。

「うん。メッセージが入ったから、私から、電話したの……それから、あの頃のことを謝ってくれて……本当のことを聞いた」

ここから先のことは、母の主観で。彼のお父さんの方はなんて言うかわからない。どう説明しようか考えていると、彼の方から言葉があった。

「……なにもなかったって言ってた？」

彼の言葉に、私は大きく目を見開く。

「知ってたの？」

「こないだ、親父に会ったって言っただろう。体の関係はなかったって、その時に聞いた。ただ……」

薫は、一度そこで口ごもる。言いづらそうだったから気にしないでと促すように彼の頬に手を当てる。

「……燈子のお母さんからの、好意は感じてたらしい。上手くかわすこともできたはずなんだ。でも、親父、まじで外面いいから……」

彼は、敢えて私の母を悪く言わないようにしてくれているのかもしれない。薫のお父さんの言い分も、わかるようなずるいような気もする。

「私のお母さんも、お父さんには誤解されたけど、時々お茶やご飯に誘って話をしてただけなんだって言ってた。でも〝好きだったのかどうか〟を聞いたら、認めた。ちょっと舞い上がってた自覚もあったから、お父さんに疑われた時に強く反論できなかったんだって。お父さん、怒鳴ると威圧感あるから」

多分、あの頃の母は父との関係に悩み疲れていて、そんな時に出会った優しい人に惹かれたんだろう。体の関係はなくても、心の浮気は自覚があったのかもしれない。

「まあ、これからのことはとりあえず、母は薫のお父さんには会わせないでいいかなって」

「そうだな。別に家族ぐるみで付き合う必要はないんだし、その方が俺らは楽だな」

「うん。もう逃げないけど、無理に遠ざける必要もないし、逆に密に付き合うこともないなって……」

ただ。私と薫の結婚のことを知った時、母はひたすら謝っていた。だからちょっとだけ、仕方ないなという気持ちになれた。

「うちの母はちょっと、薫にも会わせたくない。だから何かあってもできるだけ私が対応するよ。でも、薫のお父さんには会ってみる」

「……いいのか？」

「うん」

いろんな家族の形がある。

ひび割れて壊れた家族の形を知っているから、きっと私たちは大事にできるはずだ。何があっても、すれ違っても、絶対に手は離さない。会えなくなった時の辛さを知っているから。

彼の両手が、ベッドの中で私の体を抱き寄せる。私は目を閉じ、彼にキスをねだった。

「これからも、ずっと。家族になっても、愛してる」

END

特別書き下ろし番外編

ぴぴっ。

電子音を合図に、脇に挟んでいた体温計を取り出した。すると、ベッド脇に控えていた薫がすぐにそれを私の手から抜き取ってしまう。

表示された体温を確認して、すぐに眉間にぎゅっとしわが刻まれた。

「……まだ三十八度ある」

「んん……」

そうだろうな、と思っていた。頭はずっと痛いし、関節だってあちこち痛い。背中もぞくぞくして、寒気がしていた。

「少し起きられるか？　水分を摂った方がいい」

口の中は乾いてきているし、何か飲んだ方がいいのはわかるのだが、起き上がるのがツラくて本当はこのまま眠ってしまいたい。だけど、心配も露わな彼の声を聞くと、そういうわけにもいかなくてゆっくりと頭を持ち上げた。するとすぐさま、彼が私の背中を支えて上半身を起き上がらせてくれる。

「ゆっくりでいいから」

口元にスポーツドリンクが入ったペットボトルの飲み口が寄せられた。彼がそれを少し傾けると、冷えたスポーツドリンクが口の中に流れ込んでくる。

ひと口飲むと口の中がすっきりして、こくこくと何度も喉を鳴らして飲んだ。

「……ありがと。美味しい」

「ん。何か欲しいものはあるか？　食べられそうなものは？」

「今はいいかな……」

背中を支えられながら、ゆっくりと再びベッドに横になる。顔は火照って熱いのに、体は寒い。そう思っていたら、彼が上掛けをしっかりと首までかけなおしてくれた。

「……ありがと」

もう一度そう言うと、彼は難しい顔でため息を落とした。

「礼なんかいい。……一緒に暮らし始めてからでよかったよ」

そう言って、私の髪をそっと撫でる。汗をかいているのが気になったけれど、額に張りついた髪を避けたり目尻に触れたりしてくれる指がとても優しくて、気持ちよさに目を閉じた。

バレンタインデーのあと、私と彼は休みを合わせて不動産屋を回り新しい住まいを決めた。

家具や電化製品はそれぞれ持ち込んで、引っ越しがすべて済んだのがつい先週のことだ。

一緒に暮らし始めて一週間が経った昨日、私はいきなり熱を出してしまった。昨日のうちに診察をしてもらい感染症などではなかったのだが、一日経っても熱は下がらなかった。仕方なく、今日はお休みをもらうことになった。

「疲れが出たんだろうな。今日が日曜でよかった」

熱のせいか、目を閉じていても頭がふわふわとしている。そんな中で聞こえてくる静かな彼の声が、とても耳に心地よかった。

「ゆっくり眠った方がいい……ずっとそばにいる」

とても心地よくて優しい声で、ずっと聞いていられるなんて思っていたら、いつのまにか眠っていたらしかった。

新しい住まいは、私の職場に少し近い街に借りた。夜勤がある私に彼が合わせてくれた。

寝室と書斎用の部屋がひとつ、あとは広めのリビングとダイニング。ふたりで暮らすにはちょうどいい間取りだ。広すぎるよりも、一緒に家にいる時はお互いの気配を感じられるくらいがちょうどいい。ベッドだけはダブルサイズの大きなものに買い替えた。

一週間もすれば、彼の匂いが感じられる。優しく撫でてくれる彼の指の感触もだ。ひとり暮らしの時には、考えたこともなかったような安心感がある。

……なんか、贅沢だなあ。

熱が出ていてしんどいのに、心に浮かんだのはそんな感想だった。心配してくれる誰かが傍にいるのは、なににも代え難い贅沢だ。

ふっと意識が浮上した。どれだけ時間が経ったのだろうか、窓を見るとカーテンがオレンジ色に染まっている。

え、もう夕方？

そんなに長く眠っていた感覚ではなかったので、驚いてしまった。

「燈子？　目が覚めたか？」

「薫？」

彼は、ドレッサーの椅子をベッドのそばまで持ってきて私の枕元近くに座っている。

手には文庫本があって、私が起きるとぱたんと閉じてベッドサイドのテーブルに置く。

「気分はどうだ？」

そう言いながら、彼は私の額に手を当てる。少し冷えてて気持ちがいい。

「大丈夫、少しすっきりした」

「そうみたいだな。目もしっかりしてきてる」

私の様子を確かめてほっとしたようで、彼が表情を和らげた。

「飲み物をもってくる。腹は減ってないか？　ゼリーもアイスもある。それかお粥でも作るか」

あれこれと尽くしてくれる彼を、私はぼうっと見つめてしまう。すると、また彼が心配そうな表情に変わって、私の頬に手を当てた。

「大丈夫か？」

「うん……なんか、すごく、うれしくて」

まだ熱の影響が残っているのか、心のままに言葉が出てしまう。

「うれしい？」

薫は不思議そうに首を傾げる。体調が悪いのに何がうれしいのかと言いたげだけれど、これはこんな時だから感じられる贅沢な幸福。

心配をしてくれる人がいる。ずっとそばにいてくれる人がいる。弱った時だから一層強く思えたのかもしれないけれど、だからこそこの気持ちは忘れないように言葉にしよう。

「うん。すごく、しあわせ……」

彼は困ったように眉尻を下げ、苦笑した。

「俺もだ。燈子が元気ならもっと幸せだけどな」

頬にある彼の手に、自分の手を重ねて目を閉じる。そうすると、彼が私の額にそっと優しく、口づけた。

愛する人がいることの幸せを、いつだって、忘れないように。

これからも、言葉にして伝えていきたい。

END

あとがき

皆様こんにちは。砂原雑音と申します。この度は「途切れた恋のプロローグをもう一度」を手に取ってくださり、ありがとうございます。

創作活動から数年離れており、私にとって約四年ぶりのベリーズ文庫での執筆となりました。復帰作となるこの作品を、今年創刊されたばかりのベリーズ文庫 with でお世話になれたこと、本当に光栄でした。

コンセプトとなっている『恋はもっと、すぐそばに。』というワードを聞いた時は、とても胸がキュンとしました。普通なら手の届きにくい存在であるヒーローが今まで多かったからでしょうか。身近な存在と惹かれ合う恋愛模様……とすぐに思い浮かんだのが学生時代の初恋でした。

その割に、ずいぶん長い間恋愛から遠ざかったふたりとなってしまったのですが。

以前からなんとなく気づいていたのですが、私「再会愛」が好きなようです。タイトルも「もう一度」とかつけているのが多いのです。出版の際にタイトルが変わってしまうのが殆どなのですが今作は「もう一度」を残していただけて、実はとてもうれしかったりします。

本当なら、過ぎた『あの日』に結ばれていたはずのふたりの再会愛、楽しんでいただけましたら幸いです。


最後になりましたが、この場を借りてお礼申し上げます。

素敵な表紙を描いてくださったなかおもとこ先生。近すぎない距離感がリアルな大人の恋人を表現していて、薫と燈子の姿そのものでした。本当にありがとうございました。

この作品の出版に携わってくださった皆様、そして手に取ってくださった読者の皆様に、心より感謝申し上げます。

また新しいお話でお会いできますよう、これからも書き続けていきたいと思います。

砂原雑音《すなはらのいず》

砂原雑音先生への
ファンレターのあて先

〒104-0031
東京都中央区京橋1-3-1
八重洲口大栄ビル7F
スターツ出版株式会社　書籍編集部　気付

砂原雑音先生

本書へのご意見をお聞かせください

お買い上げいただき、ありがとうございます。
今後の編集の参考にさせていただきますので、
アンケートにお答えいただければ幸いです。

下記URLまたは二次元コードから
アンケートページへお入りください。
https://www.ozmall.co.jp/enquete/IndexTalkappi.aspx?id=2301

この物語はフィクションであり、
実在の人物・団体等には一切関係ありません。
本書の無断複写・転載を禁じます。

途切れた恋のプロローグをもう一度

2025年5月10日　初版第1刷発行

著　者　砂原雑音
©Noise Sunahara 2025
発行人　菊地修一
デザイン　カバー　コガモデザイン
フォーマット　hive & co.,ltd.
校　正　株式会社文字工房燦光
発行所　スターツ出版株式会社
〒104-0031
東京都中央区京橋1-3-1　八重洲口大栄ビル7F
TEL　03-6202-0386（出版マーケティンググループ）
TEL　050-5538-5679（書店様向けご注文専用ダイヤル）
URL　https://starts-pub.jp/
印刷所　株式会社DNP出版プロダクツ

Printed in Japan

乱丁・落丁などの不良品はお取替えいたします。
上記出版マーケティンググループまでお問い合わせください。
定価はカバーに記載されています。

ISBN 978-4-8137-1745-4　C0193

ベリーズ文庫 2025年5月発売

『「絶対結婚しない」と言った天才脳外科医から溺愛プロポーズなんてありえません！』滝井《たきい》みらん・著

学生時代からずっと忘れずにいた先輩である脳外科医・司に再会した雪。もう二度と会えないかも…と思った雪は衝撃的な告白をする！　そこから恋人のような関係になるが、雪は彼が自分なんかに本気になるわけないと考えていた。ところが「俺はお前しか愛せない」と溺愛溢れる司の独占欲を刻み込まれて…!?

ISBN978-4-8137-1738-6／定価847円（本体770円＋税10%）

『愛の極～冷徹公安警察は愛なき結婚で激情が溢れ出す～【極上の悪い男シリーズ】』麻生《あそう》ミカリ・著

父の顔を知らず、母とふたりで生きてきた瑛奈。そんな母が病に倒れ、頼ることになったのは極道の組長だった父親。母を助けるため、将来有望な組の男・翔と政略結婚させられて!?　心を押し殺して結婚したはずが、翔の甘く優しい一面に惹かれていく。しかし実は翔は、組を潰すために潜入中の公安警察で…！

ISBN978-4-8137-1739-3／定価814円（本体740円＋税10%）

『冷血CEOにバツイチの私が愛されるわけがない～偽りの関係のはずが独占愛を貫かれて～』未華空央《みはなそらお》・著

夫の浮気が原因で離婚した知花はある日、会社でも冷血無感情で有名なCEO・裕翔から呼び出される。彼からの突然の依頼は、縁談避けのための婚約者役!?　しかも知花の希望人事まで受け入れるようで…。知花は了承しニセの婚約者としての生活が始まるが、裕翔から向けられる視線は徐々に熱を帯びていき…！

ISBN978-4-8137-1740-9／定価814円（本体740円＋税10%）

『すれ違いだらけだった私たちが、最愛同士になれますか？～孤高のパイロットは不屈の溺愛でもう離さない～』蓮美《はすみ》ちま・著

美咲が帰宅すると、同棲している恋人が元カノを連れ込んでいた。ショックで逃げ出し、兄が住むマンションに向かうと8年前の恋人でパイロットの大翔と再会！　美咲の事情を知った大翔は一時的な同居を提案する。過去、一方的に別れを告げた美咲だが、一途な大翔の容赦ない溺愛猛攻に陥落寸前に…!?

ISBN978-4-8137-1741-6／定価814円（本体740円＋税10%）

『迎えにきた強面消防士は双子とママに溺愛がダダ漏れです』花木《はなき》きな・著

桃花が働く洋菓子店にコワモテ男性が来店。彼は昔遭った事故で助けてくれた消防士・橙吾だった。やがて情熱的な交際に発展。しかし彼の婚約者を名乗る女性が現れ、実は御曹司である橙吾とは釣り合わないと迫られる。やむなく身を引くが妊娠が発覚…！　すると別れたはずの橙吾が現れ激愛に捕まって…!?

ISBN978-4-8137-1742-3／定価825円（本体750円＋税10%）

ベリーズ文庫 2025年5月発売

『冷酷元カレ救急医は契約婚という名の激愛で囲い込む』冬野《とうの》まゆ・著

看護師の香苗。ある日参加した医療講習で救命救急医・拓也に再会！　彼は昔ある事情で別れを告げた忘れられない人だった。すると縁談に困っているという拓也から契約婚を提案され!?　ストーカー男に困っていた香苗は悩んだ末に了承。気まずい夫婦生活が始まるが、次第に拓也の滾る執愛が露わになって…!?

ISBN978-4-8137-1743-0／定価836円（本体760円＋税10%）

『元・最下位の妃、2度目の政略結婚で氷の冷酷王に嫁ぎます～「愛は望むな」と言われた出戻り王女が愛され妃になるまで～2』三沢《みさわ》ケイ・著

晴れて夫婦となったアリスとウィルフリッドは、甘くラブラブな新婚生活を送っていた。やがて愛息子・ジョシュアが生まれると、国では作物がとんでもなく豊作になったり小さい地震が起きたりと変化が起き始める。実はジョシュアは土の精霊の加護を受けていた！　愛されちびっこ王子が大活躍の第2巻！

ISBN978-4-8137-1744-7／定価814円（本体740円＋税10%）

ベリーズ文庫with 2025年5月発売

『途切れた恋のプロローグをもう一度』砂原雑音《すなはらのいず》・著

看護師の燈子は高校時代の初恋相手で苦い思い出の相手でもあった薫と職場で再会する。家庭の事情で離れ離れになってしまったふたり。かつての甘酸っぱい気持ちが蘇る燈子だったが、薫はあの頃の印象とは違いクールでそっけない人物になっていて…。複雑な想いが交錯する、至高の両片思いラブストーリー！

ISBN978-4-8137-1745-4／定価836円（本体760円＋税10%）

ベリーズ文庫 2025年6月発売予定

Now Printing

『政略結婚した没落令嬢は、冷酷副社長の愛に気づかない』佐倉《さくら》伊織《いおり》・著

倒産寸前の家業を守るために冷酷と言われる直斗と政略結婚をした椿。互いの利益のためだったが、日頃自分をなじる家族と離れることができた椿は自由を手に入れて溌剌としていた。そんな椿を見る直斗の目は徐々に熱を帯びていき!? はじめは戸惑う椿も、彼の溢れんばかりの愛には敵わず…!

ISBN978-4-8137-1750-8／予価814円（本体740円＋税10%）

Now Printing

『パイロット×ベビー【極上の悪い男シリーズ】』皐月《さつき》なおみ・著

ひとりで子育てをしていた元令嬢の和葉。ある日、和葉の家の没落直後に婚約破棄を告げた冷酷なパイロット・遼一に偶然再会する。彼の豹変ぶりに、愛し合った日々も全て偽りだと悟った和葉はもう関わりたくなかったのに――冷徹だけどなぜかピンチの時に現れる遼一。彼が冷たくするにはワケがあって…!

ISBN978-4-8137-1751-5／予価814円（本体740円＋税10%）

Now Printing

『クールな夫の心の内は、妻への愛で溢れてる』吉澤《よしざわ》紗矢《さや》・著

羽菜は両親の薦めで無口な脳外科医・克樹と政略結婚をすることに。妻として懸命に努めるも冷えきった結婚生活が続く。ついに離婚を決意するが、直後、不慮の事故に遭ってしまう。目覚めると、克樹の心の声が聞こえるようになって!? 無愛想な彼の溺甘な本心を知り、ふたりの距離は急速に縮まって…!

ISBN978-4-8137-1752-2／予価814円（本体740円＋税10%）

Now Printing

『双子のパパは冷酷な検事～偽装の愛が真実に変わる時～』宝月《ほうづき》なごみ・著

過去が理由で検事が苦手な琴里。しかし、とあるきっかけで検事の鏡太郎と偽の婚約関係を結ぶことに。やがて両想いとなり結ばれるが、実は彼が琴里が検事を苦手になった原因かもしれないことが判明!? 彼と唯一の家族である弟を守るため身を引いた琴里だが、その時既に彼との子を身ごもっていて…。

ISBN978-4-8137-1753-9／予価814円（本体740円＋税10%）

Now Printing

『もう遠慮はしない～本性を隠した御曹司は離婚を切りだした妻を溺愛でつなぐ～』Yabe《やべ》・著

紗季は一年の交際の末、観光会社の社長・和也と晴れて挙式。しかしそこで、実は紗季の父の会社とのビジネスを狙った政略結婚だという話を耳に。動揺した紗季が悩んだ末に和也に別れを切り出すと、「三カ月で俺の愛を証明する」と宣言され！ いつもクールなはずの和也の予想外の溺愛猛攻が始まって…!?

ISBN 978-4-8137-1754-6／予価814円（本体740円＋税10%）

タイトル、価格等は変更になることがございますのでご了承ください。

ベリーズ文庫 2025年6月発売予定

Now Printing

『過保護な外交官』 立花実咲《たちばなみさき》・著

通訳として働く咲良はエリート外交官・恭平と交際中。真面目でカタブツな咲良を恭平は一途に愛し続けていたが、渡仏することが決まってしまう。恭平の母の思惑にはまって彼に別れを告げた直後に妊娠発覚！　数年後、ひとり内緒で娘を産み育てていた咲良の前に、今も変わらず愛に溢れた恭平が現れて…!?

ISBN978-4-8137-1755-3／予価814円（本体740円＋税10%）

ベリーズ文庫with 2025年6月発売予定

Now Printing

『頑固な私が退職する理由』 坂井志緒《さかいしお》・著

元・ぶりっこの愛華は5年前の失恋の時、先輩・青山をきっかけに心を入れ替えた会社員。紆余曲折を経て、青山とはいい感じの雰囲気…のはずなのに、なかなか一歩踏み出せずにいた。そんな中、愛華は家庭の事情で退職が決まり、さらに後輩が青山に急接近!?　面倒な恋心を抱えたふたりのドタバタラブ！

ISBN978-4-8137-1757-7／予価814円（本体740円＋税10%）

Now Printing

『大好きな君と、初恋の続きを』 葉月《はづき》りゅう・著

華やかな姉と比べられ、劣等感を抱きながら生きてきた香瑚。どうせ自分は主人公にはなれないと諦めていた頃、高校の同級性・青羽と再会する。苦い初恋の相手だったはずの彼と過ごすうち、燻り続けた恋心が動き出すが香瑚はどうしても一歩踏み出せない。そんな時、8年前の青羽の本心を知って――!?

ISBN978-4-8137-1758-4／予価814円（本体740円＋税10%）

タイトル、価格等は変更になることがございますのでご了承ください。

電子書籍限定

恋にはいろんな色がある。

マカロン文庫 大人気発売中!

通勤中やお休み前のちょっとした時間に楽しめる電子書籍レーベル『マカロン文庫』より、毎月続々と新刊発売中! 大好きな人に溺愛されるようなハッピーな恋から、なにげない日常に幸せを感じるほのぼのした恋、届かない想いに胸が苦しくなる切ない恋まで、そのときの気分にピッタリな恋が見つかるはず。

[話題の人気作品]

「全力で口説く」――パイロットに溺れるほどの愛を注がれて!?

『エリート自衛官パイロットは鈍感かりそめ妻に不滅の愛をわからせたい』
きたみまゆ・著 定価550円(本体500円+税10%)

愛なんて不要な夫婦だったのに、冷酷御曹司が溺甘豹変!?

『最悪な結婚のはずが、冷酷な旦那さまの愛妻欲が限界突破したようです』
黒乃 梓・著 定価550円(本体500円+税10%)

「君の気持ちを、俺に向けてみせる」――熱情愛が止まらなくて!

『諦めて俺に堕ちろ～最強一途なSIT隊員は想い続けた妻を守り抜く～』
Yabe・著 定価550円(本体500円+税10%)

パパになった御曹司の愛からは逃れられず…!

『鷹村社長の最愛～孤高の御曹司は強がりママへの一途な想いを絶やさない～』
本郷アキ・著 定価550円(本体500円+税10%)

各電子書店で販売中

電子書店パピレス honto amazonkindle BookLive! Rakuten kobo どこでも読書

詳しくは、ベリーズカフェをチェック!

小説サイト Berry's Cafe
http://www.berrys-cafe.jp

マカロン文庫編集部のTwitterをフォローしよう
@Macaron_edit 毎月の新刊情報をつぶやきます♪

Berry's COMICS
ベリーズコミックス

各電子書店で
単体タイトル
好評発売中

『ドキドキする恋、あります。』

NEW

『偽りの婚約は蜜よりも甘く～エリート外科医の独占愛からは逃げられない～①～②』
作画:ななみことり
原作:紅カオル

NEW

NOW printing

『再愛～次期社長ともう一度～①』
作画:黛こえだ
原作:砂原雑音

『冷徹社長の執愛プロポーズ～花嫁契約は終わったはずですが!?～①～⑤』[完]
作画:七星紗英
原作:あさぎ千夜春

『義兄の純愛～初めての恋もカラダも、エリート弁護士に教えられました～①～②』
作画:志音新
原作:葉月りゅう

『一途なケモノは身も心も奪いたい～腹黒上司に溺愛契約結ばれました!?～①～③』[完]
作画:よしのずな
原作:桃城猫緒

『甘く抱かれる執愛婚―冷酷な御曹司は契約花嫁を離さない―[財閥御曹司シリーズ]～①～③』[完]
作画:南香かをり
原作:玉紀直

『君のすべてを奪うから～俺様CEOと秘密の一夜から始まる夫婦遊戯～①～②』
作画:沢ワカ
原作:宝月なごみ

『今夜、秘めた恋情が溢れたら～極上社長は傷心秘書を逃がさない～①』
作画:やさき衣真
原作:高田ちさき

電子コミック誌

comic Berry's
コミックベリーズ

各電子書店で発売!

毎月第1・3金曜日
配信予定

amazon kindle | コミック シーモア | Renta! | dブック | ブックパス 他

小説サイト
Berry's Cafeの人気作品がボイスドラマ化！

豪華声優陣が出演!!

溺愛ボイスドラマ×ベリーズ男子

『キミは許婚』
by 春奈真実

『秘書室室長がグイグイ迫ってきます!』by 佐倉伊織

『副社長は溺愛御曹司』
by 西ナナヲ

1話はすべて完全無料！

App Store からダウンロード
Google Play で手に入れよう

アプリストアまたはウェブブラウザで
ベリーズ男子 検索

【全話購入特典】
・特別ボイスドラマ
・ベリーズカフェで読める書き下ろしアフターストーリー

最新情報は公式サイトをチェック！

※AppleおよびAppleロゴは米国その他の国で登録されたApple Inc.の商標です。App StoreはApple Inc.のサービスマークです。※Google PlayおよびGoogle Playロゴは、Google LLCの商標です。